辽宁省青少年阅读出版工程

林 德 宏 著

哲理文章·五彩树

大连理工大学出版社
DALIAN UNIVERSITY OF TECHNOLOGY PRESS

图书在版编目(CIP)数据

哲理文章·五彩树 / 林德宏著. — 大连 : 大连理工大学出版社，2013.10(2015.9 重印)
ISBN 978-7-5611-8218-5

Ⅰ. ①哲… Ⅱ. ①林… Ⅲ. ①随笔—作品集—中国—当代 Ⅳ. ①I267.1

中国版本图书馆 CIP 数据核字(2013)第 214912 号

大连理工大学出版社出版
地址:大连市软件园路 80 号 邮政编码:116023
发行:0411-84708842 邮购:0411-84703636 传真:0411-84707345
E-mail:dutp@dutp.cn URL:http://www.dutp.cn
大连美跃彩色印刷有限公司印刷 大连理工大学出版社发行

幅面尺寸:145mm×210mm 印张:9.25 字数:258 千字
2013 年 10 月第 1 版 2015 年 9 月第 2 次印刷

责任编辑:刘新彦 于建辉 责任校对:周 欢
封面设计:季 强

ISBN 978-7-5611-8218-5 定 价:18.50 元

辽宁省农家书屋建设
图书出版编委会

前　言

人像一棵树。

每棵树都由两棵树组成：地上的树和地下的树。地上的树有干、枝、叶、果，地下的树全是根。地下的根扎多深，地上的树干就长多高。人的言语、行为就像地上的树，观念、精神就像长在心里的树。

人是一棵五彩的树。

自然多彩、社会多彩、人生多彩。人的内心也五彩纷呈。心灵之树从外部吸取阳光，生机盎然，从而放射出新的光辉。我们要敞开心扉，让内心的阳光向外照耀，为世界增添一份温暖和光明。

萤火虫奉献一点亮，小草奉献一片绿。我愿这本小小的书，走进一间间农家书屋，这些只言片语能给青少年朋友们带来一份快乐，并有所感悟。

林德宏

2013年9月5日

于南京大学

目 录

哲理文章·五彩树

轶闻篇

寓言篇

知识篇

物性篇

人文篇

哲理小语·双叶草

哲理文章·五彩树

轶闻篇

善于欢乐

德国生物学家尤涅在一次接受荣誉奖章时，说了一番看来同获奖毫不相干的话：

“一个人皱一下眉头需要牵动 30 块肌肉，而笑一下只需要牵动 13 块肌肉！所以，笑一下所消耗的能量要比皱眉头省得多。因此，亲爱的同事们和朋友们，请经常笑吧！”

笑是轻松的，皱眉是沉重的。

从生理学的角度来讲，笑比皱眉容易。可是不少人刚好相反，很容易皱眉，却很难笑。为此他们要消耗多少能量？他们的确活得很累。他们的心态违背了生理学规律，违背了人的本性。

要善于欢乐，打消烦恼。

尤涅说这番话时，已是 92 岁高龄。这时他已笑了将近一个世纪。难怪他在耄耋之年又获得了新的荣誉。

捉住太阳

一个 3 岁的小男孩，拿着一块雪白的铁皮在窗前玩。铁皮反射着阳光，把房间照得更亮。他跑了起来，连声大叫：“我捉住了太阳！我捉住了太阳！”

小孩子捉住了太阳，这是诗人的想象。

这个孩子就是后来成为电磁学大师的麦克斯韦。他上中学时数学比赛和诗歌比赛都获得了冠军。他后来创立了一组麦克斯韦方程，简直就是用数字和符号写成的电和磁的抒情诗。

他发现了电磁波，指出光就是电磁波。他抓住了光的本质。我们地球上的光来自太阳，麦克斯韦真的用他那富有诗意的数学方程式，捉住了太阳。

小爱迪生的问题

发明家爱迪生小学时考试成绩是全班倒数第一，可是却喜欢提问题。有一次他在数学课上问老师："为什么 2+2=4?"弄得老师又气又恼，却又无法回答，只得对爱迪生说声："你真糊涂！"

人们都认为 2+2=4，天经地义，不言自明，还会是什么问题？殊不知，这恰恰是需要研究和回答的问题。

知识多了，当然可以提出许多问题，但有时背景知识少，头脑中的框框也少，反而能在人们不以为有问题的地方，发现了问题。

糊涂的不是小爱迪生，而是他的数学老师。

伦琴之路

X 射线的发现者德国物理学家伦琴说过："我喜欢离开人们通行的道路，而走荆棘丛生的崎岖山路。""如果我迷了路，不要在大路上找我。"

1895 年，他发现了 X 射线，揭开了 20 世纪新物理学的序幕，走出了一条通向微观物质世界的新路。

始终在大家常走的大路上行走，当然不会迷路。但也只能重复别人的足迹，走到大家都去过的地方，不会有什么发现。

寻找新路，这就是伦琴的路。

库仑定律

牛顿提出了“万有引力”定律，指出引力同两物体质量的乘积成正比，同距离的平方成反比。法国物理学家库仑是牛顿力学的忠实信徒，他仿照牛顿的“万有引力”定律，认为静电力同两点电荷的乘积成正比，同距离的平方成反比，由此提出了“库仑定律”。

“库仑定律”同当时的实验数据的误差竟超过 30%。在通常情况下，科学家是不会承认这个定律的。可是库仑坚信牛顿力学普遍有效，仍然坚持他所提出的定律。

后来精确的实验表明，库仑公式是正确的，那 30%以上的误差，是过去实验的不精确造成的。

就这样，理论跑到了实验的前面，看起来似乎不是理论去适应实验，而是实验的结论向理论的预计逼近。

无事可做

19 世纪中叶，俄国动物学教授鲁利亚因病在家休养。由于无事可做，就坐在窗前闲看街景。他注意到不少马身上有白斑，继而发现家畜身上某些部位上容易有白斑，而另一些部位不容易有。最后又发现了家畜白斑的分布同家畜生活条件的联系。他据此写了一篇论文，题目就叫《由于无事可做》，发表在莫斯科大学的学报上。

无独有偶，后来德国的魏格纳也因生病在家，无事可做，看着墙上的世界地图。他偶尔发现南美洲东部和非洲西部海岸线的相似，突然闪出一个念头：莫非当初这两块大陆连成一块？他由此提出了开拓新地学的大陆漂移说。

只要想做事，就不会无事可做。只要愿意思考，就不会提不出问题。对于被动做事的人，才会有无事可做的时候。

波义耳的失误

声音在真空中会消失，那磁体在真空中是否还会有磁性？波义耳想弄清这个问题。

他在一个密封的容器里悬挂一块吸着小铁片的磁体，用抽气筒把空气抽掉。如果铁片掉下，便可认定在真空中磁性不复存在。

实验开始了，没一会儿，铁片就落下了。他便做出结论，写成论文，拿去发表。

后来才知道，他的结论是错误的。铁片的下落不是由于磁体失去磁性，而是由于桌子的晃动。原来他用的抽气筒性能不好，要用很大力气，而且桌子又不太牢，引起了晃动。

一个小小的疏忽，会把整个事情引入歧途，就是大科学家也不例外。

火神星的故事

1781 年英国的赫歇尔发现了天王星。科学家发现，根据牛顿力学计算出来的天王星轨道，同实际观测不符。法国的勒威耶和英国的亚当斯设想天王星轨道之外还有一颗未知行星，这种误差是由于未考虑这颗未知行星的引力作用造成的。他们分别算出了这颗新星的位置。1846 年法国的加勒根据这个位置，发现了海王星。此事轰动一时。

勒威耶根据海王星的引力作用修订星表，发现水星近日点进动的观测值同理论值相差较大。勒威耶同样设想，水星轨道内还有一颗未知行星。不久有人宣布看到一个黑点经过日面，这就是勒威耶预言的第二颗星，并命名为“火神星”。

可是后来证实，火神星并不存在。爱因斯坦的广义相对论对水星近日点的进动提出了合理的解释。

同一位科学家用同一种方法，第一次成功，第二次则可能失败。世界上没有万能的方法。

地狱的入口处

匈牙利的波约因研究欧几里得几何第五公式，而发现了非欧几何学。他把这事告诉了他爸爸。

老波约也曾研究过这个问题，他立刻警告小波约："我在这里已葬送了人生的一切光明和快乐，它会剥夺你所有的时间、健康、休息和幸福。这地狱般的黑暗会吞吃成千个牛顿那样的巨人！"

他们把论文寄给了大数学家高斯。高斯回信说，他也进行过这项研究。但他怕"黄蜂在耳边盘旋"，不断发出"愚人的叫喊"，就没有继续研究下去。

只有小波约不顾这一切，唯有他成功了。

马克思说过："在科学的入口处，正像在地狱的入口处一样。"怕入地狱，就找不到天堂。

蝴蝶的花纹

苏联有一位生物学家，叫施万维奇，毕生研究蝴蝶翅膀的花纹，满脑袋全是蝴蝶身上斑斓的色彩和优美的图案。

一些人认为这种知识实在是雕虫小技，毫无实际用途。施万维奇多年承受着巨大的精神压力。

伟大的卫国战争开始了，列宁格勒被围，许多建筑都需要伪装。这时有关人士发现，蝴蝶花纹的构图原则是迷彩伪装的最理想的自然结构，为迷彩伪装技术提出了根据。于是，有关单位请施万维奇以专家的身份参加了城市的伪装工作。雕虫小技可以用来对付敌人的飞机，为保卫列宁格勒作出了重大的贡献。

科学家常会有意外的发现，对这发现的用途，也常会有意外的发现。

变换角色

量子力学大师玻尔在上大学时，既热爱科学，又喜欢足球，是大学足球俱乐部的出色守门员。更令人感叹的是，他在足球场上还可以思考科学问题。当球逼近自己球门时，他上蹿下跳，勇如猛虎。当球远离自己球门时，他就静若处子，蹲在球门前，用树枝画着各种公式和符号。他在球场上就可以拥有两个世界。

他的角色更替的速度真是惊人。他自己就像他所研究的电子，不断地从一个轨道跳跃到另一个轨道，不需要渐进的过程。

善于变换角色，一心可两用，一心可多用，这是大智的表现。

地震学家的故事

1933 年的一天，美国地震学家伽年伯同爱因斯坦一边散步，一边谈论地震。突然，有人打断了他们的谈话，他们看到许多人惊慌地从各种建筑物里跑出来，他们这才感觉到脚下大地的起伏摇摆。事后这位地震学家说："当时，我们全神贯注在地震问题上，根本没有注意到那次有名的洛杉矶大地震，这是我所经历过的最大的一次地震。"

地震学家同物理学家在认真地谈论地震，大地震真的发生了，他们竟然都未觉察到，岂非怪事？

叔本华说过："男人看得少，因为他们想得多。"其实，何止男人如此？想得多，看得就少；思考深了，感觉就迟钝了。感性与理性、理论与现实，总有一段距离。

思维的错位

意大利物理学家费米在科学上很有建树，对日常琐事也常像对待科学问题那样认真。

某年初冬，朋友建议他安装挡风窗户，以免受寒。他就在书房里埋头计算。他算出从窗户缝透进房间里的空气很少，就没有采纳朋友的建议。

这年冬天，他是在室温较低的状态下度过的。第二年春天，他偶尔发现他计算时把小数点的位置点错了。

本来窗户透风程度如何，室内是否嫌冷，这凭感觉就能判断，这是日常生活的思维方式。可是，费米却把它看作了一个研究课题，想用精密的计算来判定，采用的是科学研究的思维方式。这样，他就把小问题人为地复杂化了。

为什么科学家常给人以“怪”的印象？原因之一，是思维方式的错位。

背对背的服务

一位白发苍苍的诺贝尔物理学奖获得者与一个年轻的歌星同机飞抵某市。他们走下飞机舷梯时，歌星被围得水泄不通，老科学家则孑然一身，无人问候。

事后有人为科学家鸣不平，他却说：“歌星是面对面地为人们服务的，我们是背对背地为大家服务的。所以人们当然面向他们，背向我们。面对着这么多的人，歌星还好唱歌，我们却怎么做实验，思考问题？”

但歌迷们应当明白，社会上大多数人是背对背地为他们服务的。

智者的愚昧

亚里士多德是古希腊的大学问家，古代的百科全书式的人物。历代人读他的著作，都会为他的博学而感叹不已。直到今天，我们都无法想象，他怎么会有那么多的精力写了那么多的著作，又怎么会懂得那么多的东西。

但他也犯过无知的错误，甚至是愚蠢透顶的错误。据说他认为男人的牙齿要比女人的多。对这个问题，只要他数数夫人的牙齿便一清二楚。可是他对自己的看法深信不疑，认为根本没有必要去数什么牙齿。因此，他一生都未发现这个错误。

可见，即使是智者，也难免有愚昧之处。

黑格尔的错误

大哲学家也有糊涂的时候。

牛顿通过科学实验，把阳光分解为七种单色光。黑格尔反对牛顿的光学理论，他认为白光不是复合光，而是单色光，是“光明与黑暗的结合”。他还说，没有一个画家是“牛顿派这样的傻瓜”，他们可以用黄色和蓝色混合成绿色。

牛顿在光学中没讲什么辩证法，相反，在他的头脑中倒有不少形而上学的思想。黑格尔是辩证法大师，他说颜色是光明与黑暗的对立统一，看起来是十分深刻的辩证法。

可是，科学实验表明，在颜色理论问题上，牛顿是正确的，黑格尔是错误的。

现实是辩证的，但不是每一种辩证的形式都是现实的。

叔本华与小狗

叔本华终身未娶。他郁郁不得志时，同一只小狗为伴，二者相依为命。他给自己的宠物起了个名字：宇宙精神。

这位哲学家一直在追求宇宙精神。

难道，他的宇宙精神就在他的身边？

也许，他在这只小狗的身上，发现了宇宙精神？

甘地的鞋

关于印度圣人甘地，有这样一个小故事。

一次，甘地乘火车，不慎将一只鞋掉在铁轨上，这时火车已经启动。他立即脱下另一只鞋，扔在第一只鞋的旁边。同行者困惑不解，甘地说："让穷人得到一双鞋吧！"

既然已丢掉一只鞋，脚上的另一只鞋也就没有用了。穷人捡到一只鞋，也不能穿。既然自己已经失去了，若能让别人获得，这岂不也是一件好事？这便是君子成人之美的心境！

我没有，你也别想有，这乃是普遍流行的小人的心态。

模仿卓别林

喜剧大师卓别林成名以后，许多人都以模仿卓别林的表演为乐。

有关方面举办了一次模仿卓别林的比赛，参赛者很多，其中也包括卓别林。结果卓别林只拿到银牌，冠军却为别人所得。这就是说，有人模仿卓别林超过了卓别林本人，比卓别林还要像卓别林。

当一个人成名以后，人们就会在各自的心中构成他的形象。这种形象同名人本人总有一定差距,有时甚至判若两人。

当名人的行为变成一种模式以后,就会有人超过这个名人。

毕加索与女管家的画

小偷在大画家毕加索的家里偷东西,毕加索和他的也会画画的女管家都看到了。小偷走后,他们两人各画了一张小偷的速写交给警察局。警方根据毕加索画的像,抓来了一大批嫌疑人;根据女管家画的像,很快就抓住了那个小偷。

女管家的画是一目了然,毕加索的画则需要理解。警察是在破案,而不是在欣赏艺术品。

女管家作画,追求的是真;毕加索作画,讲究的是美。可见,真与美之间有时看起来相距很近,实际上则相距较远。

音乐家的肖像

1917 年,瑞士音乐家斯特拉文斯访问意大利时,结识了画家毕加索,毕加索给他画了一幅肖像。

他回瑞士时,海关人员检查他的行李,那一幅画引起了他们的注意。音乐家一再解释,这是毕加索送给他的画,画的是他本人。可是,这幅画还是被没收了,因为海关人员认为这是某个战略工事的平面图。

毕加索画的是人物肖像,有人则认为是张地图。也许还会有人认为这是一幅建筑的设计图或宇宙处于混沌状态时的图景。

同一幅画,各人可以有各人不同的理解。艺术具有不确定性,或者说,存在着不确定的艺术。

萨苏的画

鞋店老板都德买了幅意大利著名画家萨苏的画，十分得意。

十五年后，一次偶然的机会，都德把这幅画给萨苏本人看。萨苏说这是赝品，不过的确很像他的艺术风格。他又临摹了一幅真品，送给都德做纪念。

这样，关于这幅画，都德有两幅作品，一幅是赝品，另一幅是这件赝品的摹本。但临摹赝品的却是真实的萨苏。那萨苏的这件摹本是赝品还是真品？

这是艺术家与艺术品的分裂，名与实的分离。

周庄的双桥

周庄有个双桥，几百年了，过去一直默默无闻。

后来，陈逸飞画了幅双桥的画，为美国石油大王哈默收购。哈默又把这幅画赠送给小平同志。不久，这幅画被选为联合国首日封的图案。

从此，双桥声名大振，饮誉世界，许多人专程来游周庄，为的是一睹双桥的风采。

桥还是那两座桥，可是它们却仿佛获得了新的生命。

桥没有变，变的是桥的文化蕴涵。

文化的重量

阿根廷画家画了这样一幅漫画：一位读者在书店里买一本巴尔扎克的著作，书店老板把这本书放在台秤上称，两人都注视着台秤上的刻度，大约买书是按重量付款的。

可惜，只有把书当废纸卖时才是按重量计价的。书的重量可以称出，知识的重量、艺术的重量、文化的重量，谁能称得出？

每个人的心，都是一杆秤，称出的重量都不同。在不同人的心中，同一种文化的重量，更是千差万别。

自我的新生

俄罗斯科学家阿尔卡季·拉宾通过对从古希腊到现在的 11842 位名人生平的研究，发现正常人每隔 15 年就会出现一个最佳创作高峰期，这就是 15 岁、30 岁、45 岁、60 岁、75 岁。拉宾认为每隔 15 年人又获得了一次新生，他称这是“自我的丧失”。有的日本艺术家 30 年以后就要改名，因为占据他们内心世界的已经是另外一个灵魂。

拉宾的说法也许并无充分的根据，听起来倒像一个童话。可我但愿它是真的。

我们在一生中应当有不断的追求，每隔十几年就进入一个新的境界，欣赏一道新的风景，焕发一次新的青春。人生的旅途多么诱人！

每个人的一生，都应当有几次生命，几度青春。自我的几次丧失，就是自我的几次新生。

“所有”与“所爱”

有一天，俄国作家索洛古勒看望列夫·托尔斯泰，说：“您真幸福，您所爱的一切您都有了。”

托尔斯泰说：“我并不具有我所爱的一切，只是我所有的都是我所爱的。”

托尔斯泰的话，道出了两种不同的幸福观。一种是把幸福理解为“具有我所爱的一切”。所有的人都不能做到这点。因此，按这种理解，幸福对于我们都是可望而不可即的东西。这是理想主义幸福观。

另一种是“我所有的都是我所爱的”，这是现实主义幸福观。按这种幸福观，我们只要有所有，就有一定的幸福。

后一种幸福观如果表述为“我爱我所有的”，我想，也许更为贴切。

模仿的错位

某日，慈禧传下口谕：谭鑫培教一个小太监学唱京剧。谭先生虽兢兢业业地教，不过小太监的嗓音不男不女，总是唱得很难听。慈禧龙颜大怒，斥责谭鑫培办事不力。

谭先生有口难辩。无计可施，只得自己学那太监唱戏。慈禧一听，觉得那太监唱得竟同谭鑫培毫无二致，真把谭派艺术学到了家，便龙颜大悦。

本叫小太监模仿谭鑫培，太监模仿不了，谭先生便反转模仿小太监。他唱得很像小太监，却有人觉得小太监唱得很像谭鑫培。模仿者与被模仿者错了位。

小太监无罪，谭先生无奈，慈禧太后无知。

死囚格斗场

14 世纪有个伊麦利那王国（现在的马达加斯加岛国），国王嗜杀成性。他下令建造“死囚格斗场”，强迫两个死囚互相厮杀，直到一方将对方打死，获胜者赦免死罪。场上血水横流，惨不忍睹，国王却以此为乐。

两人素不相识，更无瓜葛。但为了自己的生，就必须强加给对方死。人性被扭曲成了兽性。所以，伊麦利那死囚格斗场在历史上一直受到人们的谴责。

战争都是死囚格斗场。

各行各业不正当的残酷的竞争也是如此。

在这些地方，人都扭曲成了死囚。

樱桃与麻雀

1744 年，普鲁士国王腓特烈看到麻雀偷吃御花园里的樱桃，大发雷霆，下令在全国捕捉麻雀。他规定，每户人家杀死麻雀的数目都不得少于家庭人口的数目。

于是，一时麻雀几乎绝迹，腓特烈国王洋洋自得。可是他的那些心爱的樱桃树却因虫害猖獗而枯死。

为了樱桃，还是原谅那些偷吃樱桃的麻雀吧。

海瑞与鼓

相传某日海瑞来到九华山，正欲向菩萨跪拜，方丈却来阻挡说："你的心不干净。"海瑞怒声诘问："我心里有什么不干净？"方丈笑而不答，仅用手指指海瑞的脚。海瑞低头一看，原来他穿的鞋子是用牛皮做的，这同佛门严戒杀生的信条相悖。海瑞就把皮靴脱下，扔进山涧，然后赤脚拜佛。

拜毕，海瑞发现菩萨身边的牛皮大鼓，便问："请教方丈，这大鼓用何皮做成？"话音刚落，只听"砰"的一声，大鼓破了。至今在九华东岩山庙里，还可看到那面破鼓。

显然，菩萨他老人家自己也弄糊涂了。

可见，菩萨老爷也不能把严戒杀生的生态伦理学贯彻到底，何况吾辈？

简化汉字

汉字笔画的多少，相差悬殊。有一笔画字、二笔画字，二十多笔画的字也有一大堆。这就难免会出现简化字。

过去专家认为，清代康熙年间铁钟上的26个简化字，是最古老的简化字。1994年，考古学家在陕西澄城县发现了一座金明昌三年(1192年)铸造的古钟，上面铸有59个不同的简化字。这个发现把简化汉字的历史提前了大约半个世纪。

汉字是象形字，笔画多大约是象形与审美的需要。可是美与实用又必须兼顾。既有繁，人们就必然要追求简。对美的追求与对效率的追求是并存的，而效率比美更具有基础性。所以，简化汉字几乎是同繁体汉字同时出现的，它的历史绝非只有千把年。

愚昧和科学

1724年5月22日，巴黎发生日全食。日食过后，人们仍然在谈论着这一宇宙壮观。一位侯爵夫人对别人说："巴黎天文台台长卡西尼是我的朋友，我请他替你们再表演一次日全食。"她认为日食是卡西尼台长一手策划的。

1860年的一天，意大利米兰市的居民也看到了日食。当时许多人为此高呼："天文学家万岁！"他们也以为日食是天文学家的精心制作。

在愚昧者面前，科学也成了迷信。

法国气球的故事

1783年，法国巴黎多次进行气球升空的试验。

沙尔的试验在胜利广场进行。8月27日，气球运至广场，步兵和骑兵手持火把护送，沿途马车都停下，车夫脱帽致意。次日，气球在礼炮声和欢呼声中冉冉升起。

9月19日，又有人在凡尔赛广场试验，路易十六率大臣亲临现场，巴黎万人空巷。

可是当气球落入农村时,却是另一番情景。乡下农民把气球视为怪物,起初是离得远远的,嘴里念着圣经。有个猎手持枪靠近气球,风吹球动,猎人吓得拔腿就跑。等了一会,见球不动了,才鼓起勇气开了一枪。气球被击破,开始收缩,农民们一哄而上,用镰刀、木棒把气球打成碎片。

同样的气球,同样在法国,在首都与农村的遭遇竟有天壤之别。这就是文化背景和国民素质的作用。

水火之争

在近代地质学史上,曾有一场长期的争论——水成论和火成论的争论。水成派认为地质变化的原因是水的作用,所有的岩石都是水成岩。火成派认为地质变化的原因是火山的作用,所有的岩石都是火成岩。

讲水的就排斥火,讲火的就排斥水,水火之争,愈演愈烈。有一次在英国爱丁堡召开学术会议,两派先是唇枪舌战,继而拳打脚踢,真是水火势不两立。

1817 年,哲学家黑格尔在《自然哲学》中说,这两种原理,“都必须承认为本质的,但它们各自都是片面的”。

当时,在地质学家看来水火不能相容,在哲学家看来则相反。后来地质学的研究表明黑格尔是正确的,虽然他并未作过任何地质学考察。

这便是哲学的智慧。

孙悟空与进化论

自从达尔文等人提出猿是人的祖先以后,在欧美引起了一场又一场轩然大波。从 1860 年英国牛津的大辩论,到 20 世纪 30 年代美国一位教师因讲授从猿到人的进化论,被法院判处罚款一百美元。

可是当严复把“猴子变人”的说法引入中国时，却风平浪静。

许多国家通常用一份 9 个是非题构成的问卷，来调查公民的科技素质水平，其中一个问题是人由猿进化而来。在已知的 15 个国家中，我国的总体回答率最低，但对人的起源问题的正确回答率最高。

不是中国人的生物学知识最丰富，而是中国人创造了孙悟空这个可爱的亦人亦猴的艺术形象。

所以说，科技知识的传播，离不开一定的人文文化环境。

两种文明

英国最早的矿工都是农民。他们起初采矿时，采了几天便关闭矿山，说让矿石再长长。他们以为采矿就像割韭菜，割了头刀，几天后还可以割二刀、三刀。

殊不知，这些矿石是再也长不出新的来了。

农作物都是从田里长出来的，可以说，农业文明是从地里长出来的文明。所以农民常常把许多事物都看作是生长的过程，这是一种朴素的辩证法，但这种农业辩证法却适应不了工业文明。因为农业辩证法是生长，工业辩证法则是制造。

割韭菜是农业文明，制造螺丝钉是工业文明。这是两种不同的文明。

汽车与马

有一位老师曾在边疆当过兵，下面是他讲的四十多年前的一个真实故事。

一辆汽车开进一个偏僻的山区。当地农民第一次见到这个能跑的怪物，十分惊奇。当汽车停下时，山民们纷纷割草放在汽车前面。原来，他们把汽车看作是一个形状特别的牲口，想喂它一点草料。

我想，一个从未见过马，却见到过各种机器的城市小孩，第一次看到马时，也同样会感到很惊奇。他会问："这台机器为什么拖着许多条电线？"

接轨

英国在农业社会时期，主要的交通工具是马车。几百年来，在大路上留下了两条间距为143.55厘米的深深的车辙。产业革命时，英国出现了世界上最早的蒸汽火车。为了方便，英国人就在马车车辙上铺设铁轨。现在国际上通行的铁轨间距，正是当年英国马车两个车轮之间的宽度。

这样，英国的铁路与公路似乎是连在一起的，也许这也可以称为"接轨"吧。

实际上，这是两条不同性质的路。火车不能在公路上行驶，马车也很难在铁路上奔跑。火车路是在马车路基础上建造起来的新的类型的路。

接轨，只能发生在相同类型道路之间。对于不同类型的路，是不可能真的接轨的。

在历史的进程中，不同国家、民族、地区所走的道路，不可能是完全相同的。因此，接轨是相对的。有的貌似接轨，实际上是开辟另一种道路。

俾格米人

俾格米人是非洲丛林中的一个原始部落，个子矮小，成年男子只有1.20米左右。他们以狩猎为生，每天却要吃很多东西，一顿饭能吃大量的肉，外加60根香蕉。吃完后因为胃疼，便躺在土床上痛苦呻吟，彻夜不能入睡。可是第二天又照样吃这么多。

俾格米人的这种进食方式，肯定为我们所不齿，人人都会认为这是愚蠢的做法。

可是，在我们当中不是也有一些人用俾格米人的方式来生活吗？放纵自己，苦不堪言，也很后悔；可第二天又忘了一切，依然照旧。这些人的生活方式同原始部落又有何两样？

努卡克人与猴

南美有一个原始部落，叫努卡克。这个部落以捕猴为生。

那么，努卡克人对猴子是一种什么心态呢？

他们把猴崽子当作吉祥物，让自己的孩子同小猴相伴。这样做，是为了让孩子从小就熟悉猴子的叫声、动作和生活习性，以便更好地捕捉猴子。所以努卡克孩子 12 岁时就正式参加了猎取大猴的活动。

努卡克人让孩子从小就接触小猴子，不是为了同小猴子交朋友，而是为了训练猎猴的本领。

我想，如果努卡克孩子对小猴子产生了感情，那又该怎么办呢？

努卡克部落的这种做法已成了传统，可见，努卡克孩子并未产生对猴崽的怜爱。

雪屋

生活在北极圈的爱斯基摩人，善于用雪块垒成雪屋，以抵御风雪的侵袭。用雪来避雪，用雪把雪拒之于门外，这是爱斯基摩人的一大发明。

当大自然不能满足人的需要时，人们就会改造大自然，而改造大自然的手段归根到底仍然来自大自然。人类总是用大自然来改造大自然，用大自然来抵御大自然的灾害，就如爱斯基摩人用雪砌成避雪的小雪屋。

复明之后

美国的詹宁斯在失明48年之后,医生终于使他重见光明。

詹宁斯又看到了那些使他眼花缭乱的各种事物,他却感到难以言表的陌生、困惑、不安和恐惧。他把在人行道上的行走视为“恐怖之旅”。他走路不断被绊倒,也无法上下楼梯。他看不懂人脸上的不同表情,看到自己的影子也感到心悸。

他有时不得不闭上眼睛,以离开光明世界,好回到他的黑暗之中。他说:“真的,看不见比看得见要轻松得多。”

“习惯”真是一种可怕的力量。时间久了,人什么都可以习惯。习惯了黑暗,甚至会拒绝光明。

老清洁工的故事

美国亚特兰大市的老清洁工人莱斯顿,终生的工作是用垃圾箱拖走垃圾。他去世后,根据他的遗嘱,人们把他放进一只普通的垃圾箱,运到墓地。

他终生清除垃圾,当他不能再做这件工作时,就希望别人也把他像垃圾一样装进垃圾箱运走。

其实,无论是谁,当生命结束后,他的躯体本质上同垃圾无异。老清洁工人深明此理,这是多么豁达的人生哲学。

他像垃圾一样被人运走了,可是他却在人们心目中留下了一些东西,使人深思。

牙签的风波

1907年，法国吉尔贝尔律师来到巴黎一个火车站的小件寄存处，提出要寄存一根普通的木质牙签。工作人员以为是开玩笑，拒绝了。吉尔贝尔就向法院提出控告，同公共事业部打了20年的官司。从初级法院到地方法院，再到高级法院，最后判决他胜诉。4万多法郎诉讼费全部由政府承担。

一根小小的牙签竟然引起了一场持续20年、耗费巨资的大官司，是法国人精力过剩，还是他们办事特别顶真，举牙签若擎天之柱？

在我们的生活中，也常见到这种牙签的风波，为一点点鸡毛蒜皮的小事，大动干戈，闹得满城风雨，好比发生了一场地震。

那一场场你争我夺，明枪暗箭，犹如过眼烟云。若干年后回想起来，也就轻若牙签，不屑一提。

有的事，该举轻若重；有的事，该举重若轻。既不应大事化小，也不应小事化大。

农民与硬币的故事

巴西农民波恩芬几十年省吃俭用，积蓄了相当于100万美元的巴西纸币。他从不存银行，而是不断地把纸币兑换成巴西硬币，悄悄地藏在地下室里。他老了以后，每天从早到晚都坐在地下室里，把一枚枚硬币擦得锃亮。

通货膨胀使他的硬币不断贬值。一天，他突然发现，他的一大堆硬币连个小狗都买不到了，他心脏病突发死在满地冰冷的硬币上。

邻居们料理他的后事时，无法处理这一堆堆的不值钱的钱，只好把这些硬币同他一块埋进了墓穴。

波恩芬为钱而生，最后又葬在钱堆里，可惜他一直未真正拥有这些钱。

怀念沙漠

阿拉伯联合酋长国原来是个沙漠国家,可现在已面目全非。人烟稀少,黄沙蔽日,早已成为历史。

然而不少早已过惯了现代绿色文明生活的阿联酋居民,又开始怀念过去的沙漠风貌。“沙漠风情一日游”成为时髦的享受。有人甚至想从外国运来黄沙,人工制造一块沙漠。

人们总是向往他现在所没有的东西,有时甚至会追求他曾经不喜欢而又消失了的东西。那没有的东西,那已失去的东西,总有一种特殊的魅力。

人狼共处的实验

美国明尼苏达州的林业系大学生劳丽·施米特小姐,在埃利市的国际豺狼中心从事人狼同居的实验,每天要花费 4 小时的时间与狼嬉戏。他的男朋友对此感到不解,就离开了她。她说:“细心观察,你就会发现,狼有许多地方就像你和我。”

当她做完实验重返人间以后,大约她又会说:“细心观察,你就会发现,你和我有许多地方就像狼。”

蚂蚁的壮举

有一篇文章描述了蚂蚁的一次壮举:

在南美洲一个森林的边缘,突然发生火灾,一群蚂蚁被大火包围。这群蚂蚁立刻互相连在一起,扭成一团。这个由蚂蚁组成的大球向河岸滚去。蚁团在火舌舐动的草丛中越滚越快,不断发出外层蚂蚁被烧焦后身体爆裂的声音,但蚁团体积却不见缩小。显然,外层被烧焦的蚂蚁仍然紧紧抱住自己的伙伴。蚁团冲进河流,又向对岸滚动,河面上腾起一层薄薄的烟雾……

这是数以千计的小小蚂蚁的集体行动,它们只有一个中心、一个方向、一个目标。它们牺牲了少量的成员,却保存了整个集体。没有恐惧和畏缩,只有勇敢和奉献。

“小小蝼蚁,何足挂齿”。可是,人类要进化到何日,才能演出这场壮举?

蚂蚁的盲目性

马克·吐温有一篇描写蚂蚁的短文。他写道:“它所猎获的,多半都是于己于人都没有用的东西,体积经常超出常理 7 倍。它选择最难把猎物拿稳的部分拿住猎物,凭蛮力把猎物高高举起,迫不及待地开步就走。在一块鹅卵石前停下,把猎物拖在后面倒爬上去,然后一路跟头从那边翻滚而下,随即忿然而起,掸去身上的灰尘,舔湿手掌,恶狠狠地将猎物一把抓住,先东奔,后西走,推一回,拉一回,焦躁如焚,然后擎着猎物,换个新方向疾奔而去。”

总之,盲目性是蚂蚁行为的本质。马克·吐温的结论是:“我觉得蚂蚁的智力被人过分高估了。”

当人失去自觉性时,就如同这群蚂蚁。

黄蜂的骨气

报纸上刊登着这样一个小故事。

某人早晨在阳台上,看到篮子里匍着一只大黄蜂,便用剪刀把它拦腰剪断。当时,蜂头立即滚落到阳台下面。晚上,某人看到蜂尾还在篮子里,便用手抓着蜂肚想把它扔掉,谁知断蜂趁其不备用毒针猛蜇某人,手指立即肿胀,痛不可言。

清晨蜂身已断,晚上蜂刺还要复仇,这就是黄蜂的骨气。

吞食自己

报载,一农民看到一条红花蛇紧紧缠着一只拳头大的青蛙。最后蛇吞食青蛙时,竟把自己的尾巴也吞进了大约 5 厘米。

这条蛇的贪婪,毋庸赘言。某些人的贪婪更超过了大蛇。他什么都吞食,连自己的亲骨肉也不例外,最后是吞食自己。

贫穷与长寿

据 1994 年报载,江苏省徐州市共有 56 位百岁以上的老人,市区仅 9 位,而比较贫困的睢宁县却有 25 位,长寿老人的比例遥遥领先。

生活比较贫困,百岁老人却比较多;生活富裕了,老寿星反而少了。难道贫困意味着健康?当然不是。造成这种现象的原因,主要是两条:一条是在经济发展的过程中,环境被污染了;再一条是钱多了,有人便纵欲了。

污染与纵欲都是健康的大敌。污染实际上是纵欲的结果,而纵欲也是一种污染。

世上多有清贫,却难有“清富”。俗话说:“家贫勤扫地。”贫固然不好,但“清”却是可贵的。环境清洁,清心寡欲,即物境清、心境清,才会长寿。不要拥有了“富”,却抛弃了“清”。

千年虫

据报载,英国佩龙夫妇担心电脑“千年虫”会引起世界大乱,便决定趁2000年尚未到来之际，全家迁居苏格兰农村。他们准备了大量的食品，还打算在乡下种菜，凿井取水，并像过去农民那样使用风车。佩龙夫人说：现代化社会一切都依赖电脑，如果电脑出了问题，便天下大乱，人无法生存。为保险起见，他们趁早离开了电脑世界。

佩龙夫妇的看法未尝没有道理，但却令人感叹。他们为了躲避千年虫的骚扰，竟不惜举家隐居，过农业社会中的农民生活。

人造工具的功能越强，人自身也就往往越脆弱。

寓言篇

永恒的道

清晨，先秦哲学家老子在田野上背诵他的《道德经》："道可道，非常道；名可名，非常名。"摇头晃脑，颇为自得。

耕地的老农说："你念的什么？有什么用处？能当饭吃吗？莫名其妙！"

老子说："这对你的确没有用处。"

几千年过去了，还有许多人在研究老子的"道"。

"道"不是大米饭，道就是道。我们不妨说，这是永恒的道。

集市上的哲学家

哲学家来到集市上。

屠夫问："哲学家，你会杀猪吗？""不会。"

铁匠问："哲学家，你会打铁吗？""不会。"

商人问："哲学家，你会做生意吗？""不会。"

他们又问："那你会什么？""我会思想。"

众人大笑："思想值多少钱一斤？"

哲学家说："我不能做你们所能做的事，但能思考你们所不能思考的问题。"

众人又大笑。哲学家却又在思考了。

植物学家与哲学家

甲和乙来到一座森林旁边，他俩都对森林产生了浓厚的兴趣。

甲立即跑进森林，仔细端详里面的一棵树，乙爬上森林旁边的一座高山，鸟瞰森林的风景。

甲关心的是森林中的树，他成了植物学家；乙关心的是由树组成的森林，他成了哲学家。一个是只见树木不见森林，一个是只见森林不见树木。

哲学答辩

某人申请哲学博士学位，他在论文中提出了一个观点：存在着A。

答辩委员甲问："难道只有A，没有非A吗？你的观点应当全面一些。"

于是某人说："A，同时非A。"

答辩委员乙问："你说既是A，同时又是非A，看起来全面，实际上不分主次，没有抓住问题的本质。A与非A，哪是主要方面？"

于是某人说："主要是A，但同时又是非A。"

答辩委员丙说："你的观点看起来既全面，又有重点，但你实际上是只强调非A，用非A来否定A。"

于是某人说："既是A，又是非A；既不是A，又不是非A；说A是主要方面，实际上是说非A是主要方面；说非A是主要方面，实际上是说A是主要方面。"

没有委员再提问，他的博士论文答辩通过了。

哲学家的悲哀

全球性的大洪水即将发生，人类的末日即将到来。

上帝怜悯人类，为了使人类文明不致中断，就安排了一条诺亚方舟。他对人们说："方舟只能容纳10个人，人类文明的延续全靠他们了。究竟保留哪10个人的生命，你们自己决定吧！"

于是，人们热烈讨论起来。有人主张保留农民、工人、警察，有人主张保留教师、商人、律师，还有人主张保留神父、清洁工、歌唱家、科学家、保管员。讨论越热烈，提名就越具体：会计、司机、调酒师、梳子收藏家、专挖鸡眼的医生、指甲美容师，等等，等等。

没有一个人建议保留一位哲学家。

永存的哲学

某天体上居民稠集，文化繁荣。

某日，一场自然大灾难，给该天体以毁灭性的打击，天体上的居民，只剩下了一群。

他们忙这忙那，劳累不堪。晚上，他们仰卧露天，遥望天空，痛不欲生。他们不禁在苦苦思索，这大自然是怎么回事？为什么会有这场大灾难？自己是否有能力重建家园，再创辉煌？

如果这个天体上只剩下一个人，他也会这样思考。而他所思考的，就是哲学。

可见，只要人类只剩下一个人，哲学也会存在。

有人，就会有哲学。哲学与人类共存。

无

学生问老师:“请问,什么是‘无’?”

老师耐心地向他解释了很长时间。

学生说:“您讲了这么多,讲的都是‘有’,而不是‘无’。‘无’难道还需要这样来解释吗?”

老师说:“‘无’如果不需要解释,你为什么还要问什么是‘无’?‘无’必须用‘有’来说明。只有理解了‘有’,才能理解‘无’。”

学生说:“呵!‘无’实际上是一种特殊的‘有’。”

“怎样”

未来学家说,它将会怎样。

历史学家说,它曾经怎样。

自然科学家说,它应当怎样。

社会学家说,它确实怎样。

哲学家说,它怎样又不怎样。

语言学家说,怎样才叫怎样。

普通人问:你们究竟要怎样?

这不同的“怎样”,都各有自己的意义。

错版邮票

一大张邮票被发现是错版票,于是禁止发行。错版邮票躺在仓库的角落,想起它的伙伴已经或即将周游各地,自己却被关了禁闭,十分沮丧。

不久,小偷把它偷了出去,它在集邮市场上身价百倍,邮迷们都把它视为珍品。

这时,错版邮票乐不可支:"我根本不是错版票,别的邮票倒是印错了,它们都应该印成我的模样!"

错版邮票的经历,是人愚昧的创造。

女警官之死

一位女警官在追捕一个持刀杀人的女凶犯。在你死我活的搏斗中,女警官突然发现女凶犯的肚子微微突出,似有身孕。就在她的情绪出现一丝变化的这一瞬间,女凶犯的利刃刺进了她的腹部。

米缸里的老鼠

一只老鼠跳进了米缸。缸里的米比较多,所以老鼠在米堆上,离缸口比较近。在米的这个高度上,它刚好能跳出缸外。这时米堆的高度,就是老鼠生命的高度。它应当在这个高度上及时地跳出米缸。

可是,老鼠舍不得这一缸的大米,一直埋头拼命地吃。它未注意它的肚子虽然越来越充实了,它站的位置却越来越矮了。对它说来,缸口是越来越高了,已经超出了它所能跳起的高度——它的生命的高度。

本来,这只老鼠吃几口米是可以的,还不至于跳不出米缸。可是它太贪心了,它吃掉了它生命的高度,它再也跳不出那个米缸了,它的生命被它爱吃的大米吞噬了。

萤火虫

夏夜,月儿圆圆。

萤火虫在草丛中飞来飞去，翡翠般的光芒像夜空中的流星。

小草问："小家伙，在月亮下边，你闪什么光，逞什么能呢？"

萤火虫说："月亮是月亮，我是我。我并不想同月亮比什么光亮，我只是想发出自己的光，哪怕是很微弱的光。"

萤火之光，同月光一样的迷人。

团团明月，点点流萤，夜色更美。

海水与海岸

海水对海岸说："你限制了我。"

海岸对海水说："这是哪儿的话？恰恰相反，我的形状是由你的体积决定的，是你限制了我。"

海水说："呵！如果你是一马平川，我早就跨过你了。"

海岸说："可是，无论你前进多远，我总在你的前面。"

海水和海岸，它们究竟谁限制了谁？

小草之恋

一棵小草悄悄地爱着月亮。他夜夜仰望着她，她却不可能看到他。他承受着她的柔情似水般的光，他却只能在习习晚风中向她致意。

小草的一生如此短暂，但他为能受到月光的爱抚，而感到没有虚度一生。当他重返地下时，也带去了那一缕缕诗般的月光。

即使是最平凡的小草，也会有最珍贵的爱情。小草的爱情是纯洁的，纯洁得就像他所倾慕的月光。

荷叶的梦

荷叶捧起几滴水珠，它以为是珍珠，便想献给太阳。太阳很快就把这几滴水珠晒干了。

荷叶满意地笑了。它以为太阳把它的礼物带到天上去了，甚至想象那几颗珍珠已嵌在太阳的金发上，光彩熠熠。那一夜，荷叶睡得特别香甜。在梦中，它向太阳捧起了更多更大的珍珠。

天上的云彩把这一切都看得清清楚楚，却不忍心打断荷叶的美梦。

小女孩与雪花

下雪了，小女孩激动地跑出门外。

她伸出一只小手，捧着几朵美丽的雪花，疼爱地看着它。她用另一只热乎乎的手轻轻地抚摸着，她想把温暖带给它。

雪花虽然十分感激，但无法接受她的爱抚。它在小手上融化了，变成了一滴泪。

晶莹的泪水也从她的眼中缓缓流出。她与雪花属于两个不同的世界。她无法接受这个事实，她也哭了。

花儿的心事

花儿开放了，阳光吻着它，春风吻着它，虫儿吻着它，但它却想吻天上的白云。

花儿崇拜白云的高度？欣赏白云的朦胧？还是企盼白云给它雨露？

这花儿的心事，阳光、春风、虫儿都弄不清。

诗人的小伞

一把雨伞上印着一幅世界地图。

下雨了，他把伞撑开，让世界经风雨，见世面，自己却躲在世界的下面，不湿一根头发。

他是一位诗人，他的思绪正在畅游世界。

顺其自然

一颗种子萌芽了，破土而出。

蚂蚁看到了，十分惊讶："嫩小的芽呀，想不到你有这样大的力气，真可谓力拔山兮气盖世。"

芽说："力气？我没有用什么力气。这一切，都只是顺其自然罢了。"

顺其自然，这也是一种伟大的力量。

有人观察过西瓜籽，发现它能从田里吸取比它重 20 万倍的物质。

如果我们人能像西瓜籽那样工作，那每一个人都可以"力拔山兮"。

柔弱的生命，都具有惊人的力量，因为它顺其自然。

友谊之酒

四个朋友相聚在一起饮酒。他们想出一种新的聚会形式——每人各带一瓶美酒，倒在一个大壶里，摇晃几下，再倒到四个酒杯里喝。他们一致认为这种喝酒的方法最能体现他们的非凡友谊。

四人举杯，一饮而尽。

"真香！"甲说。

“真有一种特殊的味道!”乙说。

“比任何单独一种酒的味道都好。”丙说。

“我们发明了一种新的鸡尾酒。”丁说。

“我们从未喝过这样的好酒!”四人一齐说。

其实,他们四人心里都很明白:他们喝的都是白水。就是说,他们各人带来的都是水,没有一滴酒。

球员的内疚

一支篮球队在比赛中以1分之差败北。球员们都埋怨最后投篮的那个队员,因为他未投进那最后一球。他们有充分理由认为,这最后两分是他丢的,这场球就输在他身上。

这时,另一个队员自言自语说:“我也有一个球未投进,如果投进了,我们岂不赢了?”全体上场队员也都陆续说同样的话,因为没有一个人百发百中。所以每个球员都有理由说这场球输在自己身上。这是一群多么聪明的球员!

人们往往谴责某人做了一件蠢事,却忘记了自己也做过同样的事情,只是在别的时间。

毛驴的逻辑

一条大路上,两头毛驴相对而过,它们的背上都驮着很多、很重的粮食。汗流浃背,气喘吁吁。

它们发现对方驮的是相同的东西,而运输的方向却完全相反,就同时发起牢骚:“我驮两百斤粮食从东到西,你驮两百斤粮食从西到东,真是愚蠢的勾当!这全是人的安排,都说人聪明,有经济头脑,我看连我们毛驴都不如!”

可是人类社会的运转,要比毛驴的逻辑复杂得多。

红木椅与小板凳

一张红木椅，光亮、精致、威风凛凛。它对旁边的用杂木做成的小板凳说："你算什么东西，胆敢冒充我的同类？"

小板凳说："都是给人垫屁股的，还要讲什么身份？！"

红木椅说："可是坐在我上面的人都是有身份的，所以人们常常用我来作为身份的象征。"

小板凳听了这话，就不再说什么了。

摇篮的欢乐

新摇篮对婴儿说："小宝宝，你长大了不要离开我，因为你是在我的怀里长大的。"

婴儿笑了。

老摇篮则对它的新伙伴说："一个个婴儿在我怀里长大后都离开了我。所以我怀里睡着的总是可爱的小宝宝。难道我把他们永远留在自己的怀里，就能给我带来欢乐吗？"

婴儿笑得更甜了。

牛肉面的故事

某顾客在饭馆里买了一碗牛肉面。服务员把面条端上桌。他问："这块牛肉烧得烂不烂？"服务员抓起面碗里的牛肉，捏了一下，说："你看，烧得很烂。"

顾客大惊："你怎么用手捏牛肉？这叫我怎么吃？"

服务员说："那我替你换一碗。"

一会儿,又端上一碗牛肉面,顾客对面条上的牛肉仔细端详一番,确认是另一块牛肉以后,才放心地吃面。其实服务员在厨房里依旧是用手抓牛肉,而且还捏了两下。

眼不见为净,耳不闻为静。人生一世,哪能什么事、什么细节都知道?有些事只能听其自然,不知道也好。

刨子的追求

刨子对锯子和凿子不满:“你看,你们把好好的木料搞得坑坑凹凹的,满目疮痍。我就容不得这种高低不平的现象,我要把一切不平刨光!”

锯子和凿子说:“我们如果不在木料上做出各种突出的榫头和凹进的榫眼,几块木料怎能拼成一件家具?”

刨子不理睬锯子和凿子的解释,狠狠地把榫头和榫眼刨掉了。

最后,木匠在做家具时,只得把长长的钉子深深地钉在木料之中。本来木料自己是可以牢固地联系在一起的,现在只能依靠铁钉了。

不要武断地说,平永远是好的状态。

手术刀与麻醉剂

手术刀对麻醉剂说:“我要把事情的真相大白于天下,而你,却要使人失去正确判断的能力。”

麻醉剂说:“你说得不对。你弄错了对象,所以本来合理的想法,也成了荒唐的说教。”

太阳与人的对话

太阳对人说："我实在不理解，为什么早晨你看到我，是那么愉快；而傍晚看到我，又是那么伤感？"

人问："当你看到儿童和老人，看到生和死时，你是否也会有不同的感受？"

太阳说："没有。"

人说："所以你不是人类，我也不是太阳。"

观看杀猪的猪

一只猪在街上悠闲地散步，看到一个屠夫在杀猪。那只被杀的猪鬼哭狼嚎，拼命挣扎。那只看杀猪的猪对杀猪的人说："你要当心，别让它的蹄子划破了你的手。"

屠夫笑了，心想，宰这头猪最省事。

生石花

在非洲南部一些沙漠地区的附近，全是一片卵石，气温高，雨量少，很难想象会有植物。

可是，有一种植物却在那儿生活得很好，它叫"生石花"。它属番杏种植物，肥厚的叶贮存着水，裹起来像块卵石，无论从形状还是从颜色来看，都同卵石毫无二样。生石花成功地适应了环境，躲避了天敌，它生存下来了。

生命要想在艰苦的条件下生存，要么是尽量改变这种条件，要么是尽量适应这种条件，这是两种不同的生存方式，却都表现了生存的智慧。

这都是创造，或者是创造环境，或者是创造自己。

浅薄的灯泡

夜晚，电灯亮了。它对月亮说："可怜的月亮，你只能反射太阳的光，而我发出的却是地地道道的自己的光！"

月亮笑了。她心里明白，地球上所有的光归根到底都来自太阳。煤是太阳能的储藏者，灯泡怎能奢谈"自己发出的光"？

月亮反射的是太阳的光，电灯泡的光也是对阳光的反射，只是反射的形式不同。

浅薄的小灯泡，不可能懂得那么多。

大鼓

一只大鼓，被人敲得震天般响。

甲说："你听，大鼓虚怀若谷，肚量大，气度大，所以才能发出如此的响声。"

乙说："你听，这鼓叫得好高，好像不可一世，可是腹内空空，真是徒有其表，徒有其声。"

大鼓叹了口气，说："我就是鼓，我就是我，为什么在你们两位的眼里，我竟成了两种完全不同的东西？"

大鼓不懂得人的哲学。

栽树的风波

要不要在村口栽几棵树，全村人为此争论不休。最后表决，多数人赞成，于是，几棵树就在村口栽上了。

几天后的一阵狂风，刮倒了其中的一棵，砸破了一个小孩的头。

于是，反对栽树的人义愤填膺，慷慨激昂，说血的事实表明了栽树的危害。主张栽树的人自觉理亏，不敢辩解，一个个也像被刮倒的树。反对栽树的人一哄而起，把村口的树拔个精光。

从此，村里再也没有人提议栽树了。

一个偶然事件，会使人把真理看成谬误，会使有理者和无理者颠倒位置。

元帅与虱子

某位元帅在检阅他的部队。军旗招展，军号齐鸣。他昂首阔步，威风凛凛。

某一时刻，他突然觉得身上痒了起来。元帅先是扭动身体，可痒得钻心，万般无奈，只得站在路边，两手伸到军服里乱抓，阅兵只得草草收场。

回到帅府，元帅脱掉衣服，仍痒不可支，却又查不出究竟。倒是他的仆人有经验，在他身上抓到了罪魁祸首——一只虱子。大约元帅在骑马阅兵时，这只虱子从坐骑转移到元帅的身上。

元帅可以运筹帷幄，指挥三军，使敌人闻风丧胆，却无法摆脱虱子对他的骚扰，使他狼狈不堪。而轻易使他摆脱困境的，却是他的仆人。

我们不是元帅，但也会遇到令人讨厌的虱子。

初春的河水

初春的河水在欢笑。

残留的冰块却板着脸，沉默不语。它感到寂寞和孤独，它在怀旧和伤感，是在叹息，还是在哭泣？

河水在它的耳边细语："你不要留恋过去，春天来了，让我们共同去参与！"

春天热烈地拥抱着冰块。它也咧开了嘴，笑了，同河水融为一体。

它们都成了春天的一部分。

只要生活

一个年轻人祈求上帝："上帝啊，您无所不能，那就请您让我长生不老、生命永恒吧！"

上帝说："你若真的想长生不老，那就只能有一种方法，不知你能否做到？"

"只要能长生不老，我什么难事都可以做到。"

"那你每天要尽量躺在床上，除了生活必需的事以外，都不能下床。你躺在床上不准看书看报，不准听广播看电视，也不准同任何人交谈。这样，你几乎不消耗任何能量，所以你的生命就会是永存的。"

年轻人如获至宝，十分高兴，就照上帝的吩咐去做了。

可是，他没坚持几天，就再次祈求上帝："上帝啊，您饶恕我吧！我不要长生不老，我只要生活！"

月亮

"满月，你多么臃肿！"

"弯月，你多么干瘪！"

太阳和地球都笑了："其实它们是同一个月亮。"

月亮对这些都毫不介意，总是微笑不语。

唯有人在感叹。

大象的思维

小象慢慢长大了,喜欢问这问那。

一天,小象问妈妈:“为什么我们的鼻子这样长?”

大象说:“我们可以用它来卷东西。”

小象又问:“既然长鼻子有用,为什么小鹿没有?小白兔没有?老黄牛也没有?”

大象回答不出来,只得说:“长鼻子是我们从老祖宗那里一代一代传下来的,从来就是这样。”

当一个现象不能很好地作出解释时,我们就把它当作大家公认的、无需解释的既成事实来承认,许多科学家都采用这种思维方式。但这只是大象应付小象的方法,而不是人类应有的思维。

落进池塘的雨

大雨哗哗落在池塘里。

池塘里的水问雨点:“你们在天上作云彩多好!俯察万物,高不可攀,自由自在,无拘无束,那是多么惬意!你们何必要落到地面,变成我们的同类,困在这池塘里?”

雨点说:“当我是云彩时,虽然高高在上,飘来飘去,却不能同泥土、水草、昆虫、鱼类接触,寂寞难忍。还不如落到地面,与它们相伴。这样的生活,多么富有情趣!”

池塘里的水明白了。它们不断拍着小手,溅起水花,露出一张张笑脸,欢迎它们的新伙伴。

绿叶的疑问

绿叶问红花:“我们长在同一棵树上,接受的是同一个太阳的光,为什么你是红花,我却偏偏是片绿叶?”

红花说:“我们同是一块土里长出来的,你去问土壤。”

土壤说:“我供给你们的是相同的营养,你去问种子。”

种子已经长成了树,到哪儿去问呢?

根听到了,便对绿叶说:“也许你本来应当是红花,红花本来应当是绿叶,这无关紧要,重要的是,必须既有红花,又有绿叶。至于为什么你成了绿叶而未成红花,这谁也说不清楚。”

狼的悲剧

据说,狼本来是同人对立的。后来有一部分狼想同人建立亲密关系,结果这部分狼便逐渐变成了狗,其中有狼狗、警犬,有见人就摇尾巴的哈巴狗,也有被女人捧在怀里的宠物。

从此,在人的语言里也增添了一个新的词汇——走狗。

这部分狼的悲剧终于使其他的狼明白了,狼就应当是狼。狼被人驯服了,便成了狗。

所以狼是十分难于驯化的动物。

找到了亲妹妹

他几岁时,他唯一的小妹妹被人拐走了。全家痛不欲生,千方百计寻找,但音讯全无。

他成人以后,爱上了一个姑娘,那姑娘也很爱他。他们正准备结婚时，他才发现他的未婚妻竟是他失散多年的妹妹。他悲喜交加，痛哭一场，喜的是找到了亲妹妹，悲的是失去了他的未婚妻。

他想使这两个角色统一起来，但这是不可能的。

于是，他一狠心，离开了家。离开了他笃爱的恋人，也离开了他思念多年的妹妹。

这样，妹妹和未婚妻都失去了。

妈妈讲的故事

每天晚上，妈妈都给她的小宝宝讲故事。

妈妈对小宝宝讲狼与羊的故事，说狼如何凶残，小羊如何善良。小宝宝问："妈妈，如果它们遇到小偷，是狼能打败小偷，还是小羊能打败小偷？"

妈妈对小宝宝讲狐狸与小白兔的故事，说狐狸如何狡猾，小白兔如何老实。小宝宝问："妈妈，如果它们都去做生意，是狐狸能赚钱，还是小白兔能赚钱？"

于是，妈妈在想，如何编新的故事呢？

四个儿子

一个老人有四个儿子。老人病重，需要几个儿子负担医药费。儿子们聚在一起商议，各人发表了自己的意见。

老大："四个人平分，最为公平。"

老二："我出力最多，最为辛苦，我应当少出钱。"

老三："我没钱，你们看着办吧！"

老四："钱是小事，不要因为这件事伤老人家的心，伤兄弟的和气。"

最后谁出钱多，谁出钱少，不言而喻，读者自明。

上游与下游

一条小河旁,住着两家人。一家在上游,一家在下游。下游人家只能喝被上游人家用过的水。流过他家门口的水有多干净,只能凭上游人家的恩赐。

下游人家愤恨不平,但又无计可施。他只得问小河:“你为什么如此不公正?”

小河说:“你去问大地。”

大地太大了,他不知从何问起。

数学家的难题

一位数学教授给中学生作题为“如何进行创造”的讲演。

“我首先出道数学难题,希望大家不要以为这道题简单而轻率作出回答。一定要认真思索,说出正确的答案。这道题是:7 加 2 等于几?哪位同学找到了答案,请举手。”

教室寂静好几分钟,没有一位同学举手。

“你们算不出?让我来告诉你们正确的答案:7 加 2 等于 9。”

全场骚动。

“请同学们记住,进行创造的首要条件,就是不要迷信别人,不要被行家吓倒。”

最佳的设计

教授交给学生们一个任务:设计人体的理想模样,画出自己认为最完美、最协调、最漂亮的人体体形。

学生们交出了各自的设计，他们想象中的人的理想外貌，真是千姿百态，各有千秋。

教授带领学生们对这些方案进行评议。最后他们共同发现，从这各式各样的设计中，都可以或多或少地看到人的影子，最接近我们人体的设计是最佳的设计，而这最佳的设计又比不上真实的人漂亮，看着叫人舒服。

原来我们自身就是最好的设计。

推荐候选人

上级要在某单位产生一名候选人，要该单位群众推荐，并派人来听取意见。

该单位有 80％的人推荐甲，有 20％的人推荐乙。推荐甲的人认为讲话应当全面，他们既推荐甲，又说乙也不错，讲了不少乙的好话。推荐乙的人说只有乙合适，并讲了甲的许多坏话，强烈反对甲做候选人。

于是，上级得出如下印象：甲只有一部分人支持，乙则被全单位群众普遍接受，就选中了乙。

粗糙、肤浅的工作会使形而上学战胜辩证法。

诬陷人的试验

在一单位的集体场合，甲女士突然当众骂乙先生“流氓”。乙大惊，不知所措，只是问：“你为什么骂人？”甲指着他的鼻子说：“我就是骂你，你心里明白！”她昂首扬长而去。乙满脸涨红，无所适从。在场的人都惊讶万分，用各种眼光打量乙。

乙平时文质彬彬，口碑甚好，人们看不出他会是流氓。大家觉得事情蹊跷，又觉得无风不起浪，总是事出有因，都不约而同地想：甲从不骂人，为什么偏偏这次骂人？单位里有几百人，为什么她不骂别人，偏偏骂他？其中必有文章。

从此，乙成为人们议论的对象。乙在人们心中的形象也开始模糊、变形……

其实乙对甲没有任何不轨行为。甲是在做一次试验，她想了解一下诬陷一个好人会产生什么效果。她选择品行端正的乙作为试验对象，她很遗憾，因为她的试验成功了。

她这才明白，大多数人思考的逻辑虽可以理解，但却是极不合理的。

等客的电车

某路电车实行承包，乘务员都设法使自己拥有更多的乘客。有人想出了一个主意：他们的电车到达一个大站时，多停留几分钟，直到下一辆电车到站时才开出，这样就可以有更多的乘客上自己的车。

这辆电车就这样做了，把本属于下一辆电车的等车人也变成了自己的乘客，增加了效益。

很快，各辆电车都照此办理，结果大家都未受益，反而耽误了乘客的时间，使一些人改用别的交通工具。

可是在这种情况下，谁也不愿意带头结束这种做法。因为谁这样做，谁就会把自己的一些乘客让给了下一辆电车。

这就是先与后、个体与群体的矛盾。

慢行的快车

一天，我乘公共汽车出门，为了节约时间，我乘坐的是快车。

车堵严重，汽车走走停停，停的时间比走的时间长得多。天气闷热，车上挤满了人，乘客叫苦不迭。

有人提出，他宁愿下车步行，售票员却不肯开门，理由是车未到站。

慢慢地，车子好不容易到了一个车站，又被堵住了。乘客认为汽车已经到站，就要下车。售票员说："这是快车，按规定，这站不能停。"乘客说："这汽车开得比人走的都慢，怎么能说是快车？明明汽车已停在车站上，为什么不让我们下车？"售票员说："这辆车就是快车，如果每个站都停，反而不是快车了。至于汽车走得慢，这不是我们的责任。我们必须按规定办事，不能让你们下车。"

公说公的理，婆说婆的理。当由于外部原因名实不符时，我们应当相信名的理，还是应当相信实的理？

鲫鱼背

黄山的鲫鱼背以险著称。

晚上，在黄山旅馆的餐厅里，游客们在叙述自己过鲫鱼背的感受。

一位青年男子说："我是慕名而来的，鲫鱼背之险果然名不虚传。我是爬着过去的，双腿一直发抖，连呼吸都要停止了。"

一位农妇说："我本不知道什么是鲫鱼背，直到我走过一条小路，别人才告诉我，那就是什么鲫鱼背。"

有时我们做一件事，背景知识多了，反而成了负担。

绳子的功能

某退休工人在十字路口维持交通秩序。红灯一亮，他便举起小旗，吹起口哨，请骑车者停下。总有人不听这套，硬要闯红灯。他便大喊大叫，又耐心讲明道理，可是收效甚微。有的还嘲笑他，他也无可奈何，只得生闷气。几个小时下来，劳累不堪，心绪不宁。

某日，他在电视上看到，牧羊人用一根绳子拴在几棵树上，形成一个圆圈，把羊群放在里面。羊规规矩矩，从不跑出绳圈。某人茅塞顿开。

第二天,他带根绳子上岗,一头拴在路口的电灯杆上,另一头抓在手中,自己端坐在小凳子上。红灯一亮,他手一提,把绳子举起两尺多高,自行车都乖乖停下。绿灯一亮,他手一垂,绳子落地,自行车便鱼贯压绳而过。这样,不要喊,不要叫,只是举手之劳,坐着便可完成任务,更不会生闲气。

他叹了口气,说:“有些人,你把他当作人,他总是要折腾;你把他看作羊,他反而安分了。绳子有时比讲理更为有效。”

不准的秤

某人天天上街买菜,经常发现短斤缺两。一气之下,买了一个弹簧秤。说来也巧,打这以后,他买东西回家,再用自己的弹簧秤称一称,分量都很足。他十分得意,觉得有了这个吉祥物,就交了好运,每天上街买菜都乐呵呵的。

一次,他意外发现他的弹簧秤同样也不准,七八两的东西都变成了一斤。他又发火了,砸碎了那个骗人的秤。从此他买菜前后再也没有笑脸。

他家里人商议:与其如此,还不如再给他买个弹簧秤。

卖菜的、卖秤的听了,都笑了。

沉默的电话

某人装了一台电话。他四处奔走,把他的电话号码告诉亲朋好友,然后,他就在耐心地等待别人打进电话。他的想法是,给别人打电话要付款,接别人的电话则不要花钱。原来他装电话只是为了接别人的电话。

起初,偶尔有几个电话打进来。很快,他的电话就沉默了。

他失望了,不再等电话了。

可是，他为这台电话仍需要交纳一定的费用，他只好把电话拆了。

只想从别人那儿获得，而不愿意付出的人，最后就像那台无用的电话。

人机对话

机器人："人啊！我是多么的单纯，我比你们人不知要纯洁多少倍。"

人："你不要瞧不起我们人。你的一切都是我们人给予的。如果你纯洁，那也是我们的恩赐。"

机器人："你们人的内心有那么多阴暗的东西，却把纯洁给了我，我十分感激。可是，为什么你们不使自己纯洁一点呢？"

人："哎呀呀，你是机器人，你不明白这点。有朝一日，你若成为人，你就不会这样想了。"

机器人："那我愿意永远是机器人。"

人："这正是我们人的希望。"

狗的风度

一只狗想潇洒走一回，它用两只后腿支持身体，两只前腿捧起一束鲜花，高昂着头，迈着方步，自以为是地道的绅士，万物都不屑一顾。

它才走了几步，突然眼睛一亮，原来它看到前面十几米远远的地面，有一根肉骨头。于是，它立刻扔掉鲜花，四腿落地，向前面猛冲过去。

小麦的价值

一袋麦粒即将被送到田里播种（简称麦种），另一袋麦粒即将被送到工厂磨成面粉（简称原料）。它们在相互告别时，进行了以下对话：

麦种："我即将在田野里生长，生出自己的后代，我的价值便实现了。”

原料:“我即将被人做成各种食品。满足人的需要,我的价值便实现了。”

麦种:“你只供人消费,你就不再是小麦了,而我却繁殖后代。我是永存的。”

原料:“我向人们提供食物,让人们有精力去劳动、创造。我也是永存的。”

麦种:“可是你毕竟不再是麦粒,唯有我使小麦世代延续下去。”

原料:“可是,如果我们只能生产自身,那又有什么意义?”

它们还在争论,来了两个人,各扛起一袋小麦,走向各自的去处。

老编辑的晚年

他是一位报社老编辑,八十多岁了,已退休多年。耳朵背,双腿行动不便,眼睛还好。他生活的唯一内容,是天天看报,把他认为有趣的文章剪下来,整齐地贴在旧杂志上。几年以后,慢慢地,他已不再读报,剪文章也不再思考,随便什么内容,剪了就往杂志上贴。再往后,他剪的都是一块块碎片,根本不是完整的东西,杂乱无章地贴在杂志上,有的是空白,有的则贴了好几层。

房间里到处都是纸的碎片,他浑身也沾满了变干的糨糊。终于,他再也拿不动剪刀,抓不住纸片了。他把一地报纸碎片留在人间,像一地落叶。他带着残存记忆的碎片,走了,永远地走了。

凡是终生追求的人,最后总以“力不从心”结束自己的事业。力早已消失了,心还在跳动。

泪的交流

一对年轻夫妇,某日为一件日常生活小事而彼此赌气,谁也不搭理谁。其实，他们俩心里都在等待对方开口。

十几天过去了，他们都想开口，可是反而感到更难开口了。

就这样，他们一直沉默地等待着对方，等了几十年。他俩早已满头白发，却谁也没向对方说一句话。

最后，他俩中的一个身患绝症。在弥留之际，那一个终于坐到这一个的床前，默默地对视着，一副等待的模样。只见这一个微微张开了嘴，可是什么也没说出来，便离开了人间。

那一位用手绢轻轻擦着老伴与自己的眼泪。

他俩的泪水终于流到了一起，这是泪的交流。

警犬与人

警察根据警犬的追踪，认为某人是小偷。某人不服。警察说，有警犬为证。

某人仰天长叹：“天哪！为什么他们宁愿相信狗，却不相信人？”

依赖

一位油漆工人在很高的烟囱上工作。突然，大地发生地震，他感到烟囱摇摇晃晃，随时都有倒塌的可能，于是他紧紧地抱住烟囱。

人们在生活中总需要某种依赖，即使眼见这种依赖即将土崩瓦解，只要没有别的选择，就仍然会牢牢抓住那并不值得他依赖的东西。

购物逻辑

有一家商店出售一种许多人都需要的大型商品，并宣布每天降价一块钱。

某人很想买这件商品,但总想等些日子再买,迟一年买就可以少花365块钱。到了第二年,他又想等到更便宜的时候再买。这样,他一直等到生命的结束,他却一直未能拥有那件他老早就想买的商品。对他来说,这件商品好比每天都在涨价,最后价值连城,使他一直无力购买。

而另一个人却尽量想早一点买,以便早一天使用。

这是两种不同的购物逻辑。

维纳斯的双臂

美丽的维纳斯塑像使多少代人心醉。那失落的双臂是什么姿态又引起了人们的浓厚兴趣。许多艺术家都试图为塑像补上双臂,为此他们提出了众多方案。可是,没有一种方案得到普遍认可,都被批评为画蛇添足、弄巧成拙、丑化了维纳斯。

相传某日,那遗失多年的维纳斯的双臂终于被挖掘出来了,于是,普天下的艺术家与老百姓都众口一词:绝了。其实,这重见天日的双臂,同几位艺术家的设计几乎一模一样,而这几种设计所受到的抨击最为强烈。

没有权威,人们的意见就无法统一;没有权威,就以最先出现的东西为权威。

邻居的关心

她的心情非常沉重,因为她的小女儿得了重病。

于是,左右上下的邻居都来劝她,开导她。态度热情,语言诚恳,不由她不听、不信、不感激。她的心情开始平静下来,或者是把忧虑深深藏在心里,努力镇定地处理各种事情。

邻居们见她不像过去那样焦急,就开始议论起来。有的说,她的女儿都病成这样,她竟然若无其事,太没有儿女心肠了。有的说,她的心真狠，难道这孩子不是她亲生的？有的甚至说，她巴不得她女儿早点死掉，真不知安的是什么心。等等，等等。

她呢，觉得热心的邻居们莫名其妙地对她冷淡起来，她困惑、不安。她做梦也没有想到，她被邻居们带出了阴影，又被他们推进了另一块阴影。

风景画家

有两位风景画家，甲和乙。

甲感叹大自然的美，他想用他的画笔把大自然的美保存下来，因此他不断作画。

乙觉得大自然还不够美，他想用他的画笔把大自然打扮得更美，因此他不断作画。

结果，甲画的风景画还不如大自然美，乙画的风景画的确比大自然还要美。

甲只是单纯地模仿大自然的美，乙却在创造大自然的美。

耳朵的烦恼

一只耳朵生活在头的一侧，它一直认为在这个世界（即这个脑袋）上只有它一只耳朵，独一无二，无与伦比，倒也无忧无虑，安居乐业。

后来它听说，在头的另一侧，还生活着它的一个同类。从此，它的心中就一刻不得安宁。它总是在想：另一只耳朵是否比它大一点？宽一点？漂亮一点？地位是否也比它高一点？人们更看重哪只耳朵？等等。

它想得很多很多，消耗了大量精力，没有任何答案，留下来的只有撵不走的烦恼。

挖山与造山

某人立志要挖掉一座石头山。他挖山不止,日复一日,年复一年。

一块块石头被凿开、运走。他的双手布满了血泡,石头上血迹斑斑。眼看着石头山一天天矮下去,他的内心感到一天比一天充实。

某日,这座石山终于被运走。面对着一片空地,他的内心也空荡荡的。一连几天吃饭不香,睡觉不甜。

经过一番空虚、无聊的痛苦以后,他决心用被凿开的石头再堆成一座石山。当他开始这项工程时,他觉得他的生活又充满了新的追求、新的意义。

可是,他不懂得重复劳动并不具有新的意义。

雄鸡拼盘

厨师端上一个大冷盘,是个雄鸡的图案,精神抖擞,威风凛凛,伸着长脖,似在啼鸣。食客一片称赞。

人们仔细一看,原来这个冷盘是用烧熟的鸡块拼成的,众食客又是一片感叹。

他们赞美的不是雄鸡,而是厨师。

用烧熟的鸡块拼成鸡的图案,厨师就用这种方法来纪念那只不幸的公鸡。

比赛之后

某队已参加辩论比赛,比赛的结果几天以后才会宣布。

某日,传说他们已经获胜。全队十分兴奋,七嘴八舌地总结经验:

比赛前休整一天，决策英明，达到养精蓄锐的效果；多用排句，震撼人心，妙不可言；最后的总结陈词，实属锦上添花，画龙点睛，等等。

一个多小时以后，准确的消息传来，他们失败了。全队十分沮丧，七嘴八舌地议论纷纷：赛前一天的休整，使全队精神涣散，不能及时进入状态；用那么多排句，单调、乏味，使人心烦，犯了辩论赛的大忌；最后的陈词，更是糟糕透顶，犹如雪上加霜。

胜利了，一切都对；失败了，一切都错，这是许多人的逻辑。

扫帚和灭火器

在一座建筑物里，放着一个灭火器和一把扫帚。人们天天用扫帚，不知换了多少把，灭火器却一次也未使用过。灭火器上落满了灰尘，人们就用扫帚来打扫它的外壳。于是，扫帚郑重宣布："实践已经充分表明，我们扫帚有很大用处，人们一日不可缺少，灭火器则是多余的废物。"

灭火器却始终沉默不语。

终于有一天，这座建筑物失火了。灭火器挽救了这座建筑，包括里面的那把扫帚。

上帝的礼物

上帝对三个年轻人说："小伙子们，我想送你们每人一件礼物。我想知道，你们想要什么？"

第一个青年说："你给我希望吧。"上帝给了他失望。

第二个青年说："你给我机遇吧。"上帝给了他等待。

第三个青年说："我什么也不要，只请你经常督促我。"上帝给了他美好的祝福。

不同的心境

甲乙两人上街买衣服。

走出大门，甲说："真糟糕，风很大。"乙说："还不错，没下雨。"

在公共汽车上，甲说："真倒霉，挤死人了！"乙说："不过我们这次没等车。"

在商店里，甲说："唉！这么多衣服，把人眼都看花了，真伤脑筋。"乙说："哇！这简直是个时装展览会，真大开眼界。"

回到家，甲说："没意思！跑了半天什么也没买到，累死了！"乙说："你再来看看，我买的这件衣裳多美！多好！"

夜深了，甲说："在我的生命中，我又失去了一天。"乙说："在我的生命中，我又获得了一天。"

甲活得多苦，乙活得多甜。

悟性

小儿子调皮，把房间里的东西搞得乱七八糟。

爸爸说："你简直是在胡闹。"

"爸爸，什么叫'简直'？"

"简直……简直就是简直。"

爸爸解释不清，小儿子也就不再问了。

第二天，小儿子对爸爸说："把我关在家里，简直是受罪！"

爸爸吃了一惊：自己未向儿子解释清楚什么是"简直"，他竟然能使用这两个字了。

我们明白事情，有的是靠别人传授，有的是靠自己领悟。有些事情，语言表达不清楚，我们却明白了。语言就像金钱，没有它万万不能，有了它又不是万能。

追求新鲜

某地观众特别喜欢某歌星，只要他登台演出，便场场爆满。可是，慢慢地，观众听够了，听腻了，对他失去了兴趣。他的演出只能卖几张票，他就再也不在这个地方演出了。

某日，一个歌手长得很像这个歌星，歌唱起来也是一个味。一举手，一投足，都模仿得惟妙惟肖。这个歌手在某地演出时，又是场场爆满。

某歌星对此不解："我的演出没人看，模仿我的人却走红，天下哪有这般道理？"

他不明白观众的心理，观众看腻了他的演出，模仿他的演出倒成了新鲜玩意儿。

人们就是喜欢追求新鲜，为此他们甚至都真假不分。

制造蚊子

一只蚊子在一个工人头上盘旋，嗡嗡叫，飞上飞下，飞前飞后，十分讨厌。他双手一拍，一下子就把这只蚊子打死了。

他的妻子对他说："你很轻易地打死了一只蚊子，可是，你能制造出一只活的蚊子吗？"

他默然。

他是一位制造飞机的老工人。

外婆送的鞋

她16岁时，是花般的年龄，花一样的美。她的外婆送给她一双新鞋，她爱不释手，却舍不得穿在脚上。

岁月流逝,她每年都要欣赏这双鞋几次。越是欣赏,就越舍不得穿,甚至都没想到要穿着它出门。

终于,她的外孙女也到了16岁的年龄。一天,她又捧出那双外婆送给她的鞋,第一次生出穿上它上街的念头,可是又觉得它同自己的年龄已不相称了。她想来想去,最后还是把这双鞋送给她的小外孙女,就像几十年前她的外婆送给她的那样。她满以为她的外孙女会实现她的愿望,却没想到,小姑娘竟嫌鞋子式样太老气,不肯穿出门了。

她只得叹了一口气,把这双鞋又端详了一番,小心地再把它藏在箱子里。

从此,在她心里除了藏有外婆送给她的温馨以外,似乎又多了些什么。遗憾?怅惘?惋惜?伤感?懊恼?埋怨?悔恨?她也说不清楚,大约都有,又都不是。

只差一分

某人参加某次考试,听说仅以一分之差,未能及格,十分沮丧。他老是在想:“这道题如果我多说几句,也许这一分就有了。”“那道题如果那样回答,也许就及格了。”“考完以后如果我再多看几遍,总可以捡回那一分。”等等,等等。他责怪自已,埋怨命运,又觉得老师太不通人情,明知只缺一分,手还那么紧,岂不是故意整人?这阅卷人又是谁?他同我有什么深仇大恨?等等,等等。他昼不能作,夜不能寐,仿佛生了一场大病。

几天后他又听说,他的成绩不是59分,而是49分,离及格相差11分。他顿时得到解脱,心情之轻松,就像得了个60分,那怪病也消逝得无影无踪。

所以我说,危险的不是深谷,而是悬崖。

快倒的大树

有一棵大树快要倒了,他的主人砍了几棵树干,埋在大树的旁边,以便支撑这棵将倒的大树。

大树却说:“如果我的根不能使我挺立在大地上,那就让我倒下去吧！何必为此而砍伐我的同类呢?”

主人听了很惭愧,因为他想用这棵大树来支撑自己的生活。

武大郎驯虎

武松成了打虎英雄以后,武大郎就去马戏团学驯虎。经过一个阶段的训练,他竟能使凶狠的老虎在他面前规规矩矩、服服帖帖,完全失去了虎性。

武松见了,感叹万分:“真正的打虎英雄不是我武松,而是武大郎!”

纪念碑的故事

小城有个广场,广场上竖着一座纪念碑。它从设计到制造都很粗糙,人们看了都觉得不舒服。有人主张把它拆掉,可是几年过去了,都未行动。因为大多数人觉得,既然纪念碑已经竖在那里,就不一定去拆它了。

后来某日,这座纪念碑被大卡车撞倒,人们只好把断碑搬走。

广场上光秃秃的,人们总觉得缺少了点什么,于是,有人倡议再竖一座纪念碑。

十几年过去了,广场仍然是空荡荡的。因为大多数人认为,既然广场上已经没有纪念碑,也就没有必要再去竖一座了。

维持现状比改变现状要容易得多,这是人的惯性。

鲜花上的泥土

赏花人来到花圃，看到一朵鲜花上面有点土，就说："好好一朵鲜花，竟被这些泥弄脏了，可惜！"

种花人听到后说："脏？难道泥土脏？没有泥土，这鲜花怎么会长得出来？"

赏花人："泥土应当同根在一起，而不应当跑到花的上面来。"

种花人："难道你能把花同根分开？"

赏花人："可是，鲜艳的是花，而不是根。"

种花人："没有根，哪来的花？"

花上的泥土说："别吵了，是我找错了位置。"

铅笔和橡皮

铅笔对橡皮说："我的身材虽然越来越短，但我给事业留下了自己的足迹。伟人用我写下了鸿篇巨制，将世代相传。你的身体越来越小，可是你的足迹在哪里？你给世界留下了什么？"

橡皮说："的确，我没留下自己的足迹。你的工作是写字，我的任务是制造空白。我是您的助手，我的工作是把您不该留下的足迹抹去，使您留下的足迹更加光辉。"

铅笔说："呵！我的足迹里就包含着您的足迹，您的事业已融化在我的工作之中了。"

后来人们就制造了一种铅笔，一头是铅，另一头是橡皮，让铅笔与橡皮连成一体。

商人与海蚌

一个商人在海中捞到一只海蚌，他想取出蚌内的珍珠。他对海蚌说："亲爱的朋友，你肚子里长了一个瘤，真令人同情。让我帮你把它取出来，使你摆脱痛苦。"

说着，他就打开蚌壳，用镊子取走了珍珠。

海蚌连连道谢，感激不尽。

幸运

一个年轻人在集市上买了一只小鸟，准备带回家去养。在路上，他一不小心，美丽的小鸟飞走了。他仰着头，看着那小鸟飞去，微笑着说："幸运的小鸟！"

路旁一位老者看到了，捻着雪白的胡须说："幸运的小伙子！"

谎言的论证

狼对动物们说："昨天夜里，我亲眼看到从月亮上落下许多银片，都给蚂蚁搬走了。"众动物不信。

狐狸说："我虽然没有亲眼看到这件事，但我相信这是真实的。因为天文学家说过，月亮上面有许多银片，所以发银白色光。力学家说过，物体旋转时会产生离心力，所以月亮旋转时会把许多银片抛在地球上。生物学家说过，蚂蚁是大力士，能拖动几万倍于自己体重的重物。这一切都是不容置疑的。"于是，众动物都相信了狼的谎言。

穿着科学外衣的谎言，比赤裸裸的谎言，要危险万倍。

狼与小绵羊

狼对小绵羊说："小乖乖，你别抖。你妈妈住在我的肚子里，她很想念你。我对你也格外疼爱，不信你看看我的眼睛——闪烁着母爱的光辉。来吧，我的小宝贝，让我吻吻你，我要把你永远藏在我的心里。"

狼在吃掉羊以前，当然不会讲这番话。

我想到的是人。

雪人的风采

冬天，人们做了一个大雪人，看它那副神气十足的样子，颇为惋惜地说："一旦天气变暖，你将不复存在。你的生命是多么的短暂！"

雪人说："这是千真万确的真理。可是，在茫茫宇宙中，你们不也像是大自然做成的雪人？不用感叹，不用惋惜，珍惜自己有限而宝贵的时光吧！"

在白雪铺地的严冬，人们总喜欢做雪人，欣赏只有在冬季才能看到的雪人的风采。

穿珍珠的线

一串珍珠，多么光亮、耀眼。它们紧挨着，好像是一个整体。

突然，珍珠都滚落在地。在分离的珍珠之间，还有一段线。原来是这根线把这些珍珠串在一起的。线断了，一串珍珠便四分五裂。

只是在这时，这穿珠的线才露面。人们只是在这时，才意识到它的存在。原来在耀眼的珍珠里，还有朴实无华的线。

线在寻找散失的朋友，它想把珍珠再连在一块。然后，自己再悄悄地藏在珍珠的心里。

牵羊

我去牵母羊，母羊不肯来。

我去牵小羊，小羊也不肯来。

我同时去牵母羊与小羊，这两只羊就顺从地跟我走来了。

另一个月亮

在很久很久以前，夜空没有一颗星星，却有两个月亮。这两个月亮互相瞪着眼睛，显得既单调又乏味。

后来，其中一个月亮觉得应当改变一下自己的形态，这样也许夜空会更美一些。于是，它就粉身碎骨，化作满天的繁星。

果然，在点点的群星中，那唯一的一个月亮显得更加娇美，整个夜空也有了层次，更加迷人，连夜色也温柔了许多。从此，人们就不断赞美那剩下来的月亮，忘却了那个曾经存在过的月亮——那个牺牲者。

夜晚，我注视着满天闪烁着的群星，想象那个我们从未见过的另一个月亮的模样。

奔跑的马群

草原上有一群马在吃草。一匹马偶尔朝某一个方向跑去，其余的马立即跟着它跑起来。蹄声阵阵，形成一支浩浩荡荡的大军。这匹跑在最前面的马想停止奔跑，但已经不可能了。因为后面的马群正在紧紧地跟着它跑，它无法阻止它们前进。它只要一停下来，就会给同类踩死，所以它只得跑，跑，跑。

它怎么也弄不明白，自己无意识的自由奔跑，竟成了对自己的限制。

真品与赝品

一位大画家去世不久，伪造他的珍品的赝品，就开始在市场上流传。

模仿的水平越来越高，几乎可以乱真。弄得收藏者左右为难，都不敢购买他的作品，真品、假品都卖不掉。

艺术品市场不会让这种情况长期持续下去。过了一段时期，人们就不约而同地形成了一种共识：根据艺术水平的高低来鉴定真伪。这个想法是很自然的，一幅作品即使是真迹，但水平一般，又有多高的艺术价值？

弄到最后，高水平的赝品被人们视为真迹，一般水平的真品却反被认为是假货。

于是，这位大画家就不再是他这个人，而是一种风格、一种艺术水平的象征。

不能代表一个事物本质的东西，并不真正属于这个事物。

推车

他推着一辆货物堆得高高的三轮车爬坡，坡很陡，车很重，每迈一步都要紧咬牙关。

他想，过去拖车爬坡，常有热心人在后面帮着推，现在大约没有人肯做这种事情了。果然有两个行人悠哉悠哉地超过了他。看来，只有靠自己了。他一旦放弃了对外援的企望，那货车也好像变轻了一些。

终于爬上了坡顶。他大约想发泄一下什么，便猛地跨上货车，双脚一踩，货车便飞驰而下。

这时，忽听到后面有人叫了一声。他回头一看，一个岁数已不小的男子跌倒在车后。

教孩子游泳

甲乙二人都在游泳池里教几岁的孩子学游泳。甲一下水，就紧紧抓住孩子的双手；乙一下水，就把孩子的头往水里揿。

甲的孩子在咯咯地笑，乙的孩子在哇哇地哭。

几天后，乙的孩子已游得相当有样子，而甲的孩子每次都从头开始。

乙的孩子笑了。甲的孩子看到乙的孩子在笑，便哭了。

文字的规范

某个国家有一个管理语言文字的机构，一再强调公民用字用词一定要规范化，不得生造新字新词。

隔了几年，它又把一批民间约定俗成并早已流传的新字新词，列为新的规范字与规范用语。然后又不断重申语言文字的规范化，声称要以更大的力度来禁止擅自造字造词。

禁止——承认——再禁止，如此循环。既要维护规范的权威性，又不得不承认对这些规范的超越。规范一面竭力排斥非规范的东西，非规范的东西又不知不觉地形成了新的规范。

人类总是不断限制自己，又不断超越自己。这就是历史。

智者的谜

智者叫大家猜一个谜："有一种动物，两根尾巴三个头，请问这是什么动物？"

许多人都在猜，猜来猜去，总是猜不出。不少人走进图书馆，几乎翻遍了所有的生物学著作和工具书，仍然一无所获。

最后,他们只得请智者说出谜底。

智者说:"是傻瓜。因为世上根本就没有这种动物,只有傻瓜才去寻找根本不存在的东西。"

樵夫与金斧

有一个樵夫每天砍柴不止,十分勤劳。上帝就奖励他一把金斧,叫他以后就用这把金斧砍柴。樵夫看着金光闪闪的斧头,舍不得用。从此,他就不再砍柴了,他也就不再是樵夫了。

上帝给了樵夫金斧,却剥夺了樵夫的职业。

有时,过分的奖励会扼杀事业的生命。

大海中的空瓶

一个密封的小瓶子被人扔进了大海。大海接受了它。无论它漂在哪里,大海总是包围着它,支撑着它。小空瓶子一直生活在大海的怀抱中,但始终拒绝大海。它是孤独的,它永远是大海中的一个空洞。

大海只得对它说:"你来自另外一个世界,你去吧!"

我们每个人都生活在社会的海洋中,但愿不要做自我封闭、腹内空空、同大海格格不入的空瓶。

忠实的灯罩

一个纸糊的灯笼,外面是纸罩,里面是燃烧着的蜡烛。纸罩的职责是保护蜡烛的火焰不被风吹灭,蜡烛的火焰却想吞噬纸罩。

纸罩说:"蜡烛不理解我,把我当成了它的束缚。我只有同蜡烛保持一段距离。"

尽管蜡烛不领这份情，纸做的灯罩仍然忠实于燃烧着的蜡烛。

朋友，有些同你保持一段距离的人，是在真正的爱护你。

一把刀与一套刀

某日，两位名厨同在一次宴会上献艺。

两人走进厨房。一位打开了一只箱子，里面是各种式样的刀。可以说，要切什么东西以及要切成什么形状的东西，就有什么样的刀。另一位打开一块布，里面只有一把菜刀。

两位厨师都身手不凡，赢得一片赞扬。但许多人更欣赏只用一把菜刀的厨师的技艺。因为，刀的种类多了，厨师用什么样的刀，手就怎么操作，是手顺应刀；只有一把菜刀，那就全靠手工了，是刀顺应手。工具越专业化、多样化，手对工具的依赖也就越强。所以论本领，自然是“一把刀”师傅比“一套刀”师傅要胜过一筹。

理发的故事

某人到理发店去理发，理发师傅马马虎虎，敷衍了事。某人一言未发，付了款，并给了很多小费。理发师傅受宠若惊，立刻满脸变出了笑，殷勤地把某人送出了门。

若干天后，某人再度光临。理发师傅一见财神爷来到，立刻点头哈腰，脸上的笑也堆得更厚了。他使出浑身解数来理发，好像来的是位大总统。理了半天，工程总算告罄。他心里在盘算这次大概能得到多少小费。

可是，某人只按价目表付钱，至于小费，一文没有。理发师傅见了，脸上顿时就结了冰。

某人开口了：“这次我给的是上次的钱，上次的小费是给这次的。”

某人再也没有走进这家发廊。

气象预报

他每天早晨听气象预报，然后凭自己的感觉对气象台报告的数字作出评价和修正。广播说，最高气温是18度。他说："没有，至多是16度。"又一天，广播说，最低气温是5度。他说："不对，大约是6度。"事实证明，他的判断常常正确。

那天，他的收音机坏了。邻居问他："你看，今天最高气温是多少？"他说："哟！我今天未听气象广播，我说不出来了。"

在认识事物时，有无可供比较和参考的意见，常常是重要的。

愚公与智叟

愚公移山的故事，世代相传。

话说传到了公元2000年。一位小学生听到这个故事，对老师说："既然两座大山堵在家门口，那为什么不搬家？我看，愚公移山，智者搬家。谁智谁愚，清清楚楚。我们为什么要学习愚公，嘲弄智叟呢？"

老师没吭声，也许，他要把这个自以为不愚的小学生，当作一座应当搬走的小山。

心理学家的试验

一个犯人被判处死刑，当局决定由心理学家来结束他的生命。

心理学家对犯人说："你闭眼躺在床上，我在你手臂上轻轻划个小口，让血慢慢滴在盆里，你就会安详地离开尘世。"犯人感激不尽。

心理学家宣布开始行动。很快，犯人就听到血滴在盆里的声音。不久，他的心脏就停止了跳动。

其实，心理学家根本没有划破犯人的手臂，只是把小瓶子里的水一滴一滴地滴在盆里。他的心理实验成功了。

人有物态（身体状况），也有心态（心理状况），是心与物的统一。物态的变化可以引起心态的变化，心态的变化也可引起物态的变化。

长寿的诀窍

青年问一鹤发童颜的老者："请问，如何才能长寿？"

老者说："什么？长寿？长寿是你这个人能得到的吗？你这个人真没有出息，问这种无聊的问题！今天我真倒霉，碰到你这种人，晦气！"

青年向老者深深一拜，说："老人家，实在对不起，我惹你生气了。请息怒，切莫气伤了身体。"

老者听了大笑："老弟，你已经掌握了长寿的诀窍，何必还要来问我呢？"

喜悦无价

一次我在苏州的公园里游览。一年轻人出卖一种陶瓷小壶，他出价 200 元，我还价 30 元，他居然卖给了我。

半小时后，一位游客见我手里拿着这个小壶，也从包里拿出一只同样的壶，得意地说："他开价 200 元，我出 100 元就买到了。"

我本想说："朋友，你上当了。"可是话到嘴边，又咽了回去。听他的口音，像是东北人。我就笑笑点点头，他高兴地去了。

让他把这份喜悦带回家乡去吧，他对这次购物如此满意，多花几十块钱，值。

物有价，喜悦无价。

道德的出现

一艘海轮在旅途中失事,几百名幸存者来到一个荒岛上。饥饿的旅客在岛上四处寻找食物,采集果子,捕猎动物。傍晚,他们聚在一起,准备吃顿野餐。力气大的人抢去了力气小的人所找到的东西。他们尽情享用,直到实在吃不下去时为止。力气小的一直在希望力气大的能给他们留下一点,这时有些力气大的也说:"算了,这剩下的一点点就给他们吃吧,他们也怪可怜的。"

于是,道德观念出现了。

看来道德是弱者对强者的企盼,是强者对弱者的怜悯。只有在这两种情况下,道德才会出现。

道德的负重

甲在打公用电话,后边有一个人在等着。他匆匆地讲了几句话后,就大声说:"有人在等打电话,就这样吧。"对方显然还要讲些什么,他焦急不安,又急急地讲了两句,就把电话挂了。他离开电话时,并未看那等打电话的人。

乙在打公用电话,后边有三四个人在等着。他不断用双手交换着话筒,两只腿轮流支撑全身的重量,谈话的题目也从一个转向另一个。等的人都不耐烦了,他却依然旁若无人,谈笑风生。最后他终于挂上了话机。他离开电话时,也没看等电话的那些人。

甲可能活得很累,乙大约活得轻松。因为在他们两人的心里,道德的负重很不相同。

抛锚的长途汽车

刮着大风，下着大雨。一辆长途汽车在途中发生故障。司机修了半天，仍不能发动。最后只得请大家下来推车。

司机在催促，乘客不声不响，互相观望。

终于，有几位乘客撑着伞下车了。可是，人不够，司机继续动员，仍不见有人下去。已下车的人衣服已被打湿，眼见没有援军，他们又上了车。

司机无奈，只得宣布所有的乘客都下去推车。众人仍然不语，但大约认为这是唯一公平的方法，都陆续下车，老弱病残也不例外。

司机冒着大雨呼喊："一、二、三，推！"汽车纹丝不动。他又大叫："用劲推！不然谁也走不了！"乘客们虽然都弯着腰推，但车子仍然岿然不动。

司机明白，这么多乘客如果都用力推，空车子肯定会前进，可是……

一个人是否下车，谁都看得一清二楚。至于他是否在尽心尽力地推车，在许多人都在推车的情况下，那就很难分辨了。

司机只得依靠人的自觉。他无法把装着推车的样子而毫不用力的人检查出来。

这辆长途汽车什么时候才能前进呢？

这样一个人

有这样一个人——

晴天，他说："哟！太阳把人的头都晒昏了，还是天阴吧！"

于是，天阴了，他说："呸！阴阳怪气的天，还不如干脆下雨哩！"

于是，下雨了，他说："哼！你看，地上都是脏兮兮的，还不如下雪哩!”

于是,天又下雪了,他说:“唉!雪像刀子一样地割人,还是天晴吧!”(此篇写于1955年2月26日)

狼和驴子

驴子工作完了,站在树阴下休息。忽然从树丛中窜出一只狼。狼看到了毛驴,便想吃它。

狼慢慢地走近驴子,装得很疲倦的样子,也在树阴下休息。驴子也没有注意它。

隔了一会儿,狼走到毛驴的肚子下面,用舌头轻轻地舔起毛驴的肚皮。

驴子只觉得像抓痒一样的舒服,它动都不动地站在那里享受着,甚至闭起了眼睛,好像要昏昏欲睡了。

狼的舌头上长满了倒刺。渐渐地驴子的肚皮被越舔越薄。驴子也越加觉得舒适。

当毛驴的肚皮快被舔成一个洞时,狼便狠狠地咬了一口。(此篇写于1955年8月11日)

标点符号的寓言

逗号——是短暂的间歇,而不是发展的中断。

句号——是圆圈,但不一定圆满。

感叹号——集中精力,指向目标。

问号——经过一番曲折,最后跳向目标。

冒号——两张嘴在对话。

破折号——不是道路,而是方向。

括号——左右是两堵墙,上下是开阔的空间。

引号——两只蝌蚪当导游，带领我们到小溪中去游览。

省略号——前进道路上留下的一排足迹，也是事物发展的唯一结尾。

低头

有人在巷口挂着一块脏布，高度与一般人身高相近，还发出阵阵臭味。

行人走到这块脏布面前，皱着眉头看了一下，捂着鼻子，头一低，走过去了。

没有人把这块又脏又臭的布取下来，更没有人查问这是谁在恶作剧。大约大家都知道，谁这样做，谁就费时、费力、费心，弄不好，还要添麻烦，至少是沾上一身臭气。不如头一低，一走了事。

就这样，从早到晚，成百上千的行人低着头从脏布下来回走过，那块脏布仍然得意地挂在那里。

一块脏布就可以使成千上万的人在它面前低头，虽然没有一个人愿意这样做。

这是整洁向肮脏低头？是文明向野蛮低头？还是善向恶低头？

知识篇

贵在创造

有人问希腊哲学家安提希尼:“人最需要的是哪一种知识?”他回答:“使人抛弃谬见的知识。”

我也想问安提希尼:“你的这个论断使我们抛弃了什么谬见?”

人最需要的知识是创造的知识。

抛弃了谬见,有助于我们认识真理,进行创造,但抛弃谬见不等于掌握真理,实现创造。

我们不能只是抛弃,抛弃是为了获得,是为了创造。唯有在创造的过程中才能掌握真理。

因为人类生存的价值不在于抛弃,而在于创造。

知识贵在创造。

有限无边的知识

爱因斯坦的有限无边的宇宙,是个非常巧妙的模型。他的过人之处在于,他第一次冲破了无限必无边,有边必有限的传统观念,第一次把无边同有限联系在一起。

我们的知识也应当是个有限无边的宇宙。有限,是因为我们的精力有限,每个人都不可能掌握无限的知识。无边,是没有人为的边界,不给自己划出一个求知的范围,没有禁区,想象、探索、追求都不受限制。无边是没有限制,也是一种无限。有限的知识可以占据无限的空间。唯有无边，知识才是一个开放系统。

所以，我们在求知的过程中，不能达到无限，却可以做到无边。

最强大的力量

“知识就是力量。”这句话早就被人们看作是佛兰西斯·培根的经典警句，激励着一代又一代人。

但这句话并未讲到位。人世间有各种力量，知识是一种什么力量呢？

古希腊的柏拉图早就说过：“我认为知识是一切能力中最强大的力量。”也就是说，在人所拥有的各种力量中，知识是最强大的力量。

所有的力量都是短暂的，唯有知识的力量不朽。

所有的力量都越来越弱，唯有知识的力量愈来愈强。

培根的话是工业文明的反映，柏拉图的话倒可以看作是对知识经济的预见。有时古人比今人看得更远。

哲学之井

一口很深的井，井底离地面就比较远，同人们的活动空间也有较大的距离。但是，也正因为深，所以它提供的井水分外的清冽甘甜。

深深的井水，来自广阔的地下世界。

哲学是一口知识的深井。如果你要让哲学时时贴近生活，处处贴近生活，那它就不是一口井，而是一个浅浅的水塘。

哲学无处不在，但不存在于事物的表面。

以地球为中心

在天文学史上，古希腊的阿利斯塔克的日心说近乎失传，而托勒密的地心说却占统治地位近 15 个世纪。这，怪吗？

怪就怪在我们生活在地球上。

人们总习惯于把自己居住的地区看作是世界的中心。古希腊人认为世界的中心是雅典，古阿拉伯人认为是耶路撒冷。我们的祖先也有“中华”之说。法国作家巴尔扎克说得好：“巴黎人以为巴黎是世界的肚脐眼。”我们既然生活在地球上，就容易把地球看作是宇宙的中心。

如果火星上有人，早期的火星人天文学史，一定曾经盛传过火星中心说。

所以，恩格斯说，托勒密的地心说是错误的，但我们的科学都是以地球为中心的。是的，我们的科学与文化都是以地球为中心的。

以地球为中心，实际上就是以人为中心。

相对主义

爱因斯坦说过，地心说与日心说都对，只是参考系选择的不同。既然运动是相对的，那我们既可以说地球绕着太阳转，也可以说太阳绕着地球转。

是这样吗？

按这种逻辑，我下班回家，既是我回到家，也可以说是家跑到我身边。同样，既可以说几万人到足球场去看足球赛，也可以说足球场走进几万人的家。我在跳舞，也可以说我纹丝不动，宇宙在相对于我跳舞。地球上几十亿人都可以说自己未动，宇宙相对于自己在动。那这样的宇宙，真正是发疯了。

可是，发疯的不会是宇宙，只会是我们自己。

爱因斯坦的相对论不是相对主义，但他的这个看法是相对主义。

制造光明

宇宙中绝大部分物质是黑暗物质即不可见物质，它不发出可见光和其他辐射，所以我们无法直接看到它。而可见物质在宇宙中只占极少部分。

如此说来，宇宙本质上是黑暗的，它像无边无际的大海，而光明只是其中的一些孤岛。

生命只能出现在这些光明的小岛上，它不可能广泛存在，只能密集在很小的光明区域内。

人更是如此。今天，人们已很少生活在只能有天然光明的世界，绝大部分人都生活在既有天然光明又有人工光明的两重光明世界。

光明要靠人来制造。

所以，光明总被黑暗包围，这是宇宙的基本规则。

冲破黑暗，制造光明，是人类的基本任务。

宇宙的闪电

天文学家在人马座方向的银河系中，发现了一条巨型闪电，长 150 光年，宽 2—3 光年，不断摆动，估计已持续了几百万年。

这是谁放的焰火？什么时候放的？是为了庆祝什么节日？

人的一生也如同一次焰火，可是它同银河系的巨型闪电相比，实在太小、太短暂了。人一生的活动范围顶多只有几千公里，活动的时间顶多只有一百多年。可是，这小小的一闪而过的焰火，也照亮了遥远的巨大的银河系，所以我们就发现了巨型闪电的存在。

每个人生，都是宇宙的一次闪电。

正负两个根

4的开方有两个根，+2与-2。在这里，好像正根与负根只是数学符号的区别。在很长的时期里，人们都没有想到，这负根的后面，竟隐藏着一个新世界。

20世纪初，物理学家曾得出一个关于能量平方的数学关系式。按这个公式，能量有正负两个数。正的能量人们早已司空见惯，负的能量却不可思议。有的数学家就想把这能量的负值抹掉。

可是，1928年，26岁的英国人狄拉克却勇敢地说，负的能量是存在的。

从这条崭新的路走下去，科学家发现了反电子，它是能量符号同电子相反的粒子。后来，又陆续发现了许多反粒子，发现了一个反物质的新世界。

对同一个问题，我们常可以遇到两个相反的答案，一正一反，好像正负两个根。我们不要轻率地抛弃相反的意见。在它的背后，也可能隐藏着一个新的天地。

至纯不是生命

柔情似水。水至柔。你把它倒进什么瓶子，它就是什么形状，真是百依百顺。

可是，科学家说，纯水的表面膜却异常牢固，因为它的分子结构非常严密。如果世界上有一个纯水湖，我们就可以在湖面上漫步，开着赛车奔驰。极纯水的表面膜，可用来做防弹衣。这样的水面，简直成了金属片。

水具有溶解性，能把各种物质溶解为杂质。有了杂质，水表面膜的强度就大为降低。

水如果一直那么牢固,就不可能成为生命之源。

水面之所以不那么牢固,是因为它包含着杂质。

所以,至纯的水,就不再是生命之水。

生命必然会包含着一定的“杂质”,这才会吐故纳新。至纯,则不是生命。

灰色的尘埃

世界上大约没有喜欢灰尘的人。无论在什么物体上,只要看到无孔不入的灰尘,莫不令人生厌。

可是,没有灰尘,就没有蔚蓝的天空,因为大气中的尘埃能吸收阳光中的蓝色光,并使其分散,这才形成了天空的蓝色。没有灰尘,就不会有雨水,因为水气凝聚成雨珠需要一个核心,空中的尘埃就充当了这个角色。天空没有雨滴,当然不会有彩虹。没有灰尘,就不会有朝霞,因为清晨阳光穿过充满灰尘的大气的距离大于中午的直射,蓝光与绿光被空气和尘埃散射,红光却直接穿过大气照在云彩上。

试想,没有蓝天、彩虹和朝霞,自然界将多么单调和乏味?那倒真的成了灰色的世界。

灰色的尘埃,制造了绚丽的色彩。

新的层次

如果一个人进入完全没有声响的房间,他的听觉就会十分敏锐。他会听到自己的心跳和血液流动的声音。半小时后,一根针落地,也会发出大铁锤沉重敲击的声音。

在没有声音时,一点点微弱的声音,都会空前的放大。人习惯生活在多层次的世界里,如果只有一个层次,那只要有一点微小差异,也会很快强化,形成一个新的层次。

一分为多,是世界演化的规律。新的层次,层出不穷。

多级的火箭

火箭总是做成一级一级的。

要想使火箭飞得快,就必须多装燃料;可是,燃料多了,火箭的体积和重量就会增加。为了解决火箭的速度与重量的矛盾,我们就把火箭做成若干级,每一级都有燃料与发动机。烧完一级就扔掉一级。当每一级火箭贮存的燃料烧完以后,它就完成了自己的历史任务,脱离了整体。所以火箭越飞越轻,越飞越快。

人类社会是一个巨大的多级火箭。每一级的能量消耗完了,它就应当脱离这个社会,不再成为整体的累赘。当然,社会是个有机体,它能长出新的级,但局部的功能消失以后,就应当减轻整体的负担(这也可看作是一种自组织的机制),在这一点上,社会与火箭是相同的。

π的启示

现在,π的值已经精确到小数点后的1011196691位,这项成就已被载入吉尼斯世界纪录大全。这个数值不可能在任何一本书中刊登,因为它由十几亿个数字组成,如果一页纸上印1000个数字,那专门刊登这个数字的书就要有100多万页。

π是无理数,永远不可穷尽。可是它却蕴含在一个半径可以任意小的圆中。每一个圆都“有边无限”。它的圆周就是边,π的小数点后的位数又是无限的。

任何具体事物在时间与空间上都有边,可是它的内涵都不可穷尽,都无限。所以,每个有限的事物都是不可穷尽的。

蜜蜂和数学家

蜂窝的构造很有规则。

早在4世纪,亚历山大里亚的数学家巴普就指出,六角柱状体的窝,是一种最经济的形状,它的容量最大,而所用的材料最少。蜂窝就是这种形状。它的底由三块面积相等的菱形蜡板做成。18世纪法国数学家巴拉尔奇发现,这个菱形的钝角平均是109°28′,锐角平均是70°32′。

巴黎科学院院士克尼格算出,最理想的角度应当是109°26′和73°24′。蜜蜂实际造的蜂窝同数学家的理论计算只有2分的误差!这简直是奇迹,仿佛个个小蜜蜂都是大数学家。

更令人惊讶的是,几年以后,苏格兰数学家巴克洛林证明,克尼格院士算错了,正确的度数正是马拉尔奇指出的蜂窝的实际度数。

这2分的误差不是出在蜜蜂的营造,而是出在数学家的计算。看来小小的蜜蜂竟比堂堂的大院士还要高明。

难道人的智慧真的不如蜜蜂吗?当然不是。我不禁想起了一句外国谚语:老鹰有时飞得比鸡低,但鸡绝不会飞得比老鹰高。

"最好"是"好"的敌人

人们常爱说"最优",什么"最优产品"、"最优方案",等等。

其实,"最优"是不存在的。一味地追求"最优",只会使我们错过良机。

国际象棋有64个方格,32个棋子,共有10^{120}种可能选择。要从这所有的可能中,选择出最优的一步棋,这是不可能的。不仅人脑无能为力,电脑也做不到。即使我们用每秒运算万亿次的超级计算机,穷尽这10^{120}种可能,也要10^{101}年。在这么长的时间里,恐怕地球也要毁灭了。

可供选择的方案越多,选出最优方案的可能就越小。

至于人生,那远比下棋复杂亿万倍。所以,美国科学家西蒙引用这样的英国谚语告诫我们:“最好是好的敌人。”

丹顶鹤与金刚石

丹顶鹤每年迁徙时,总是排成“人”字形行列飞翔。科学家指出,这“人”字形的角度总是 110°。而金刚石结晶体的角度是 54°44′8″,刚好是丹顶鹤队列夹角的一半。

丹顶鹤的排列与金刚石碳分子排列的相近,也许是偶然的现象,也许有着深刻的联系。

那么,我们怎样才能把这两个看起来风马牛不相及的现象联系起来呢?只能靠想象。

想象,是天上美丽的彩虹,是人间雄伟的桥梁。

生命的唯一性

生命具有:

不可逆性,生命过程是不可逆转的。

不可中断性,生命是持续的过程。

不可再生性,生命不能起死回生。

不可分割性,生命是完整的,不可能把一个生命分割成若干独立的生命。

不可组合性,不可能用几个独立的生命组合成一个新的生命。

不相容性,每个生物体只能有一个生命,不容许几个独立的生命并存于同一个生物体之中。

不可共有性,一个生命不可能有几个生命载体。

不可移植性,生命不可能从一个载体移植到另一个载体。

不可交换性,生命不可能馈赠或接收,也不可能互换。

不可取代性,每个生命不可能取代别的生命,也不可能被别的生命所取代。

所以,生命是唯一的。即使一个极其普通的生命,也都是独一无二的。

生的奇迹

有一种蝉,它的诞生是一个十分曲折、艰辛的过程。公蝉在交尾后,便立刻死去。母蝉把卵产在树皮上后,也就诀别自然。蝉卵成了遗腹子,它在树皮里慢慢孵化成小虫。小虫再离开树皮,钻入泥土。它在地下蛰居了十七年以后,才钻出地面,它的生活这才开始。

为那一声蝉鸣,它在黑暗中竟沉寂了十七年。

这生,是何等艰难,又何等悲壮!

其实,所有的生命都是奇迹,又何止是蝉?

蜉蝣虫的生命

蜉蝣虫的寿命只有6小时,但从卵到幼虫却要整整孵化6年的时间。为了6小时的生命,需要6年的孕育,两者之比为1∶8760。可见蜉蝣虫6小时生命的可贵。

我们人类是十月怀胎,相比之下,要幸运得多了。

现代人一生下来,就已面临着文明世界,他们的生命很快就获得了最新的文明。人类为了每个人几十年的“文明生命”,又孕育了几千几百年?

我们要爱惜自己的自然生命,更应珍视自己的“文明生命”。

兰花螳螂

动物学家说，在昆虫世界里，伪装得越美丽的昆虫，它的危险性也往往越大。有一种螳螂，长得极像兰花。它看起来甚至比兰花还美，捕杀起猎物来，又是那样凶残。它欺骗和吞噬了多少爱美的小生命？

所以，我们对丑恶的东西固然要厌恶和警惕，但对异常美丽的事物也应当存几分戒心。这不是针对美丽，而是针对可能隐藏在美丽背后的丑恶。

受污染的莲藕

“出污泥而不染”，这是人们对莲藕的赞美。在污泥中能长出如此洁白的藕，如此清秀的莲花，实在令人惊叹，多年来一直给人们以美的享受和启迪。

科学家则严肃地告诉我们：生长在污泥中的莲藕实际上仍不免受到污染。它直接从污泥中吸收、转移、富集许多金属元素，比如藕节就富集了大量的毒性元素镉。人体若摄入这些超量的金属元素，就会受到损害。

既然是个开放系统，既然要从环境吸收营养，那多少总要受到外界的污染。“出污泥而不染”虽富诗意，却缺乏科学根据。问题在于要正视污染，尽可能地排除污染。

分杈的树

据分类学家统计，生物圈中已知生物约有250万种，其中动物约200万种，植物约34万种，微生物约4万种。这三者的比例为100∶17

：2。

这符合事物从简单到复杂，从少到多的发展规律。越是高级复杂的事物，就越具有多样性，它的种类也就越多。世界不是一座金字塔，而是一棵不断分杈的树。生命之树，不断分杈。

如果生物圈的动物是4万种，植物是34万种，微生物倒是200万种，那将是一个什么样的世界？在那种生物圈里，人类肯定不会出现。

多彩的青蛙

据报载，英国康沃尔野生动物基金会最近接连收到报告，有人在英国124个地点发现了色彩艳丽明亮的单色青蛙，例如，纯红、粉红、橘黄、奶油色、白色的青蛙。这些青蛙都没有保护色。

也许生命本来是多彩的，后来每个物种只有统一的一两种颜色，是后天的环境造成的。

也许任何事物原本都可以有各种不同的颜色，今天我们看到某种事物只有一两种共同的颜色，也是后天环境造成的结果。

多彩，是事物的本色。

人，不应当成为单色人。每个人都应当色彩斑斓，普通的人也不例外。

有时少比多好

昆虫有一百多万种，占动物的绝大部分。可是，在这众多的昆虫中，却没有进化出智慧生物。

昆虫大都有六肢，而哺乳动物只有四肢，可是，智慧生物都是四肢动物。

可见，多未必为优，未必为好。数量的增加未必会伴随着质量的提高。质变当然需要量变作准备，但有时量的扩张也会限制质的完善。

有时少比多好。

蚂蚁与真菌

在蚂蚁与真菌之间，有一种奇妙的关系。

蚁后在建立新蚁群的时候，嘴下面的囊中含有几万个真菌胚种。它受精后，就找合适的地方，吐出菌种。等长出了真菌，它就产下一两个卵，弄碎了，给真菌提供营养。

如此看来，蚁后是用自己的卵来养活真菌，真菌长成后，又成了蚂蚁的食粮。或者说，蚁后先让真菌吃掉自己的卵，然后蚂蚁再吃掉真菌。蚁后牺牲自己的蚁卵，与其说是为了真菌的成长，不如说是为了让蚂蚁吃到养得又大又肥的真菌。

蚁后信奉的是“蚂蚁中心论”、“蚂蚁至上论”，坚持以蚁为本，以菌为用。

再说蚂蚁与真菌

蚂蚁利用了真菌，那真菌也不是等闲之辈。它也在利用、吞吃蚂蚁。

在南美热带雨林中，有一种真菌，它的孢子落在蚂蚁身上，就会进入蚂蚁体内，使蚂蚁死去，并在蚁背上长出菌盖。这样，整个蚂蚁就成了真菌的肥料。

更奇妙的是，科学家说，真菌孢子还能侵入和控制蚂蚁的神经系统，使蚂蚁爬到较高的位置。这样，菌盖上的孢子就居高临下，散布的范围更加广泛，被侵袭的蚂蚁也就更多了。

可见，真菌信仰的是“真菌中心论”、“真菌至上论”，坚持以菌为本，以蚁为用。

蚂蚁与真菌，互相利用，互相吞噬，都各有各的阴谋诡计和残酷手段。在它们二者之间,我们没有必要分清个是非,分辨出善恶。它们的所作所为,都是出自生存的本能,本无什么伦理可言。若一定要对它们进行什么道德评价,那就不只是对牛弹琴,而是对牛说教了。

潜移默化

把一只青蛙放在热水里,它马上就会跳出水面。这是生存的本能。

但若把青蛙放在温水里,它就若无其事。我们不断地把水慢慢地、一点一点地加温,它也毫无觉察。一直到水温很高,把它煮熟了,它都不知不觉。

可怜的小青蛙,就这样不明不白、不清不楚、糊里糊涂地离开了尘世。

这就是潜移默化的厉害。

有人也像这只青蛙,对不易觉察的变化熟视无睹,安之若素;习以为常,泰然受之。尽管这种变化是致命的,也接受了它,适应了它。最后,就落个不知不觉被煮熟的青蛙的下场。

浪漫的偶然

热带美洲有一种美丽的蝴蝶,前翅有淡淡的红色,后翅基本上是白色、黑色的花纹左右对称,很像两个空心的数字。有趣的是,这些数字不尽相同,有 89、88、80、68、98 等。当地人看到翅膀上是什么数字,就称为是什么蝴蝶。同一种蝴蝶,翅膀上竟呈现出不同的数字,这当然不是由遗传基因决定的,全是偶然性所为。

同必然性一样,偶然性也是创造者。

再联想到桂林的钟乳石,南京的雨花石,不禁使人猜想,偶然性是一位充满激情、极富想象的艺术家,是浪漫主义大师。鬼斧神工,这鬼,这神,便是浪漫的偶然。

小鸭子找妈妈

这是一段十分有趣的电视科教节目。

一只小鸭子刚生下来，就到处叫着找妈妈。它看到一只小狗，先不理睬。过了一会儿，它就向小狗接近。小狗亲了它一下，它就立刻同小狗亲热起来，甚至爬到小狗的背上。小狗跑到哪里，它就追到哪里。甚至小狗踢了它一脚，它仍然紧紧追随。显然，小鸭子把小狗当作它的妈妈了。后来，它又把机器人认作了妈妈。

小鸭子一生下来就追求爱，而妈妈就是最初的爱。它一问世，首先找的是亲人，而不是敌人。至于生存斗争，那是后来的事。

小鸭子如此，那么，人呢？

生命之根

泰戈尔说：根是植物生命的源泉。

一株抽穗的黑麦，如果把它的根按照长短、粗细分为四个等级，则第一级的根有 143 条，第二级有 35000 条，第三级有 230 万条，第四级有 1150 万条。这四个级别的根共计 1400 多万条，总长 600 公里。这些大大小小的根上还有许多看不见的根毛，大约有 150 亿条，总长度约 1 万公里。

这么多、这么密、这么长的根究竟拥有多少空间，它才为我们提供了一手心的黑麦麦粒？

动物离不开植物，人又离不开动植物。所以，根是整个生命的源泉，是生命之根。

那知识之树的根，又该有多少？多长？多密？又该拥有多么广阔的空间？

疾病的增多

人类一共患有多少种疾病?

1893年巴黎统计协会第一次对人类疾病进行统计,历时几十年,列出161类疾病。一个世纪后,医学家认为现在确知的疾病高达2035类,12400种。

在这一百年中,医学得到长足发展,人类的平均寿命也明显延长,但我们所知道的疾病却越来越多了。有些疾病是原来不知道的,现在确认了,表明医学的进步;有的疾病是原来没有的,后来出现了,不知这类疾病有多少,我想大概是个不小的数字。

人越依赖医学,就往往越脆弱,越容易生病。新的药品和技术,又会产生新的疾病。浅层的疾病治好了,深层的疾病就会显露出来。新的药品和技术,新的生活方式又会产生新的疾病。

知识越多,遇到的问题也越多。人类越进化,医学越发达,我们就会面临更多的疾病。

大科学与小事情

人们一向赞美牛顿力学,它可以准确描绘哈雷彗星的轨道,精确预言它过近日点的时间,这是何等光辉的业绩?

但是,若用牛顿力学来描述人的一个动作,那就相当复杂了。在足球赛中,一个球员接过一个传球,当机立断,凌空一脚,球破门而入。如果他想根据牛顿力学的计算来决定如何踢这个球,那就绝对不是一蹴而就的事了。他要准确知道来球的方向、速度、旋转、体积、重量、空气的阻力、自己的身高、腿长、自己所在的位置、球门的距离与方向,等等。然后才能计算出自己踢球的方向、速度和用力的大小,精确预言足球的轨道,谁知道这需要多少时间?而且球员根据计算的结果来踢球,还不一定能踢进对方的大门，因为球员还未考虑风向、风速、风力……可是球员在一瞬间就作出了正确的判断。

科学的确高明，但它在描述日常生活中的普通现象时，却常常显得那么笨拙。科学也难免有笨拙之处。

有时大科学对付不了小事情。

多维的感觉

10个人共喝一碗汤，5个人说咸，5个人说淡。究竟这碗汤是咸还是淡？

10个人又共喝另一碗汤，1个人说咸，9个人说淡。那我们是否能说，这唯一嫌汤咸的人感觉不正常？我们能否用9个人嫌汤淡的感觉来判定那一个人嫌汤咸的感觉是错误的或虚假的？

真理只有一条，但对同一个事物不同的人却会有不同的感觉。只要人们确实感到如此，那他们的感觉就是真实的，而不必去追求什么统一的感觉。

感觉不仅是多味的，而且也是多维的。

浑天如鸡子

那年，我的宝贝儿子苗苗才7岁。

清晨，我给他穿衣服。他说："爸爸，鸡蛋是个地球模型，蛋黄是地球，蛋白是天。"我问："那蛋壳呢？"他说："是全世界。"

东汉时的大学问家张衡曾说："浑天如鸡子，天体圆如弹丸，地如鸡中黄，天之包地，犹壳之裹黄。"小苗苗的想象，同古代天文学家的叙述是惊人的相似。

个人思维的发展，是人类思维发展的简单再现，所以，儿童的思维和古人的思维有许多暗合之处：都从鸡蛋想到了天地。

蓝色的智慧

高高的天，是蓝色的；深深的水，是蓝色的。智慧至高至深，比天高，比海深，所以更是蓝色的。难怪美国有家电脑公司叫 Big Blue，难怪曾同国际象棋棋王卡斯帕洛夫对弈过的电脑叫“深蓝”，而战胜卡斯帕洛夫的电脑又叫“更深的蓝”。

智慧是高空，高不可比；智慧是大海，深不可测。蓝色的智慧，能包容一切，无处不在。

价值判断

早晨，天空乌云密布。

我说：“今天要下雨。”这是一个认识判断。

我又说：“今天出门应当带雨伞。”这是一个价值判断。

结果这天并未下雨。

但这并不表明我早晨带伞出门是愚蠢的行为。

事实对我的认识判断作出验证，表明这个认识判断是错误的。

但今天未下雨的事实，并不能表明“今天出门应当带雨伞”这个价值判断是错误的。我付出了轻微的劳动，却使我避免了可能出现的大雨淋身的麻烦，使我外出时不必总是担心天什么时候下雨，这是值得的。

可见，评价价值判断要比评价认识判断复杂得多。

真理

它就是它。没有包装，也无需打扮。普普通通，平平常常。你可以认为它毫不起眼，你也可以认为它灿烂辉煌。

纯真是它的本性，朴素是它的模样。

你不认识它，它是如此；你同它亲近，它还是如此这般。

它是有限中的无限，暂时中的永恒，现象中的本质，主观中的客观。

它从不主动上门，全凭你去追求。你只能向它逼近，但不能完全把它占有。即使你牢牢地掌握了它，它仍然不是你的私人财产。

它不需要赞美，但需要真诚；它不需要吹捧，但需要宣传；它不需要迷信，但需要理想。

谎言与真理

谎言重复一千遍，便会有一半人相信它。

真理重复一千遍，便会有一半人厌烦它。

因为在人群中，大约有一半是非理性主义者。

所以，简单的重复只会损伤真理，却成全了谎言。

人的慢与快

在人的心脏跳动一次的时间里，地球围绕太阳转了30公里，阳光可以绕地球转7圈。同大自然相比，人活动的节奏实在是太缓慢了。

可是，如果把人类的历史比作一天，那有文字的历史距今只有半分钟，近代产业革命以来的历史只有1秒钟。我们已知宇宙的年龄，估计是100～200亿年，地球的历史是47亿年，人类的历史只有300万年。我们的大自然已发生了巨大的变化，而这一切变化都是在人类第一天的最后一秒钟完成的。

行动如此缓慢的人类，竟大大加快了历史前进的步伐。人类就是这样一种怪物：他自己动作很慢，却创造了高速度，使世界飞速前进，加速腾飞。

世界正在变软

生命是柔软的。越是柔软的东西,生命力就越强。

其实,整个世界也是柔软的,并且越来越软。

过去我们认为原子是坚硬的小球,现在我们认识到围绕原子核的是一团“电子云”,原子的外壳变软了。过去我们认为粒子是物质的唯一形态,现在我们认识到物质的基本形态还有场;同粒子相比,场更柔软。相对论告诉我们,长度会缩短,空间会弯曲,时间与空间都具有弹性。刚性的因果关系也在软化。

模糊数学的问世,使那硬度很大的精确数学也出现了软化的迹象。

电脑的软件起着越来越大的作用,机器、仪器开始变软。

在高科技产业中,实行的是柔性生产。

软科学正在兴起。

自然界不再被看作是一台机器,而被看作是一团云。

现代社会中的各种软因素、软成分迅速增长,未来的社会将是“软件化社会”。

事物之间的僵硬的界线一个个消失了,事物在本质上是柔软的。

所以,世界每时每刻都在变软,都在增加活力。

方法为魂

方法是黑夜中的灯,森林中的路,沃土中的种子。

方法是炉中的火,心灵的窗,智慧的歌。

方法是创造知识的知识,是创造财富的财富。

知识为体,方法为魂。

创造某种知识的方法,是那种知识的真谛。

科学之所以无价,是因为它的方法能不断的创造价值。科学的创造集中地表现为方法的创造。

勤奋可贵,但方法更可贵。因为方法具有勤奋所没有的科学性与艺术性。勤奋是奔跑的双腿,方法是腾飞的翅膀。

方法是成功之母,成果是方法的儿女。成果一旦形成,它就成为人体以外的东西,唯有方法永存于人的智慧之中。

几乎所有的人都承认方法的重要,但他们中的许多人并未真正掌握科学的方法。

掌握了方法的人,就是掌握了规律的人,掌握了自己命运的人。

人间的一切都是方法的实现。

唯有方法可以使愚蠢变成智慧,唯有方法才能化腐朽为神奇。

唯有方法才能使我们的大脑和双手融为一体。

物性篇

心游物外

人的生存，离不开物。为此，人就要生产物。物的生产又需要利用物。人就这样一直生活在物之中。

从此，人的进化就常表现为物的进化。

其实，人是一种生物，也是一种物。离开了各种物，人这种特定的物，既不能发展，也不能生存。

人既是物质实体，又是精神载体。人既有物的肉体，又有一颗心。心在体中，又可游于体外。体在物内，心则可游于物之外。心既游于今日之物，又游于昨日与明日之物；既游于可见之物，又游于不可见之物；既游于物，又游于非物。有时，心也游于某物之中，向往的却是某物之外的非物。

这样，人之体依赖物，人之心又超越物；人既是一种物，又不是一般的物。

这才是人。

人化的物

人总是要在客体上面加上自己的东西。

采了一束鲜花，还要讲究如何插花；找到一截树根，还要雕刻一番；捡到一块奇石，还要想它的形状和图案像什么。

自然界不可能原原本本地进入人的生活，人总要设法在它身上表现自己,染上人的气质。

这样的物,已从自然的物,转化为文化的物。

这样的物,已是人化的物。

孤独的里程碑

里程碑总是孤独的,它们之间应尽量保持一段较长的距离,这样,它们的价值才会得到充分的体现。距离越长,价值越高。如果几块里程碑放在一起,那它们就失去了自身的价值。

高山也应当是孤独的。如果两座高山紧紧靠在一起,人们就不会感到山峰的巍峨挺拔,甚至看不出那是两座高山。

杰出人物也大抵如此。难怪爱因斯坦多次说他是个"孤独的旅客",难怪在普鲁士科学院的会议厅里,他身边的两把椅子总是空着。

如果两块里程碑紧挨着站在一起,那有一块就是多余的。

垃圾箱的位置

谁家都需要垃圾箱。但谁家都不愿意垃圾箱放在家门口,又不愿意垃圾箱放在离自己家门很远的地方。垃圾箱同自己家门的距离,就有一个度的问题。

类似垃圾箱的现象也常可以看到。例如,甲讨厌乙,但又需要乙。在甲的心目中乙就是个垃圾箱,他既不愿意同乙距离太近,又不能同乙的距离太远。他要不断调整这段距离。这段距离的长短,就是一个十分微妙的问题。

剪绳子

一根绳子,必须要把它剪成两段。请问,怎样剪才能使这两截绳子有尽量大的用途?

甲在绳子的一端,剪下极短的一截扔掉,这根绳子几乎同未剪过一样。他宁愿基本上保持一根长绳子的面貌,也不愿把它剪成两截,这是把选择留给以后,以免被动。他追求的是稳定和严谨。

乙把绳子剪成两根长度相等的绳子。他认为绳子越长,用途就越大。既然必须剪成两截,就应当剪成一样的长,这是每截绳子最长的长度。他追求的是统一和平衡。

丙把绳子剪成一长一短的两根。在他看来,长有长的用处,短有短的用途。他追求的是变化和多样。

你赞成哪一种剪法?

爆米花

我手中有一把玉米。那粒粒玉米虽大小有些差别,那外形的轮廓却十分相近。

我把这些玉米做成爆米花,放在桌上仔细端详,那一朵朵爆米花真像一件件小型雕塑品,有的像朵花,有的像颗古怪的石头,有的则像微型怪兽,竟千姿百态,没有两个雷同。

在“轰”的一声巨响中,玉米成了爆米花,实现了升华。我这才恍然大悟,那形状单调的玉米,竟也能变成各具个性的爆米花。

我们在升华中能开出什么样的花?

沟通

我们在织毛线衣时,都要用四根竹针。竹针并不同毛线相连,但却同毛线交织在一起。只见竹针进进出出,动作十分单调乏味。可是,在竹针的创造中,一团团毛线却织成了各种款式的毛衣。当毛衣织好后,它们就悄悄离开自己的岗位,不仅不在毛衣中保留自己的位置,甚至不留下任何痕迹。

什么叫"沟通"?请看看竹针的劳动。

没有路的沙漠

在一望无边的沙漠上,你可以朝任何方向行走,但你无论走到哪里,走的都不是路。

没有任何人指点,没有任何标记提示,也没留下任何足迹。因为到处都是路,也就没有路。

真正的危险,不在于"华山一条路",甚至也不在于迷路,而在于你进入了一个你完全可以随心所欲行走的世界。因为那儿到处铺满了路,又都不是路。

面具

面具涂着各种颜色,画着各种表情。人们戴上了它,就掩盖了自己的本来面目。

其实,有些人的面孔本身就是一副高级的面具。它不透明,所以能把真实隐藏起来;它又透明,所以别人不易发现它的存在。

有些人崇拜一个人,实际上是崇拜他所佩戴的面具。

同这种无形的面具相比，那些用一定材料人工制造的面具倒有它的可爱之处——它直率地告诉人们，它只是一个面具。

人们常把“面具”称为“假面具”，其实它是真面具。人的虚假倒真正是假面具。

剪刀与胶水

剪刀与胶水是两种不同类型的工具。

剪刀具有分割物体的功能，但它只剪别的东西，却不能剪自己，即它不能把这种功能用于自己，使自己成为自己的对象。

胶水能把不同的东西粘在一起。它在发挥这种功能时，自己也成了作用对象，即它把两张纸粘在一起时，它自己也同这两张纸不可分离。

剪刀是对人不对己，胶水是对人也对己。剪刀只是磨损，胶水则是奉献。

请问，你的道德观念属剪刀型，还是胶水型？

钥匙的价值

有一把钥匙，到处宣扬自己。它对拥有各种不同的锁的人说：“我是把万能钥匙，我能打开世界上所有的锁。”

人们听了以后，便聚集起来商量，一致决定：砸断这把能打开一切锁的钥匙。因为有了它，所有锁都不保险了。

相反，如果一把钥匙只能打开一把锁，那锁的主人一定非常珍惜它，因为别的钥匙都不能代替它。

一把钥匙的价值，同它能打开的锁的种类和数量成正比，还是成反比？

瀑布与喷泉

瀑布是水的大跨度的失落，演出了一场粉身碎骨的壮烈悲剧。那震天的哗哗水声，好似西楚霸王绝望的高歌，震撼着人的心灵。

相比之下，那人工制造的喷泉则显得那么轻浮。它悠然上升，十分得意的样子，实际上都是为了取悦于人。无论它怎样拼命地爬高，都达不到瀑布的高度。最后，它仍然逃脱不了粉身下落的命运。

既然都要下落，那就做瀑布，不做喷泉。

钉子的结构

小小的铁钉结构是那样简单，又那样合理。

躯干是细细的铁棒，它的职责是把自己同别的物体牢固地联系在一起，是实现铁钉功能的主要部分。它的两端是实现这种功能的保证。一端是钉尖，便于铁钉钻入别的物体内部；另一端是扁小的圆帽，既可以承受锤子的敲打，使钉子钻得更深，又可以使钉子能从别的物体中取出来。

三个部分，缺一不可。朴实无华，一目了然。没有躯干，不是钉；没有两端，既进不去，又出不来，也不可能成为钉。它没有多余的设施。试想，如果小小的铁钉也要使机构复杂化，增添各种附件，那会成为什么怪物？

合理并不等于复杂。当我们把简单的事情人为地复杂化时，就想想小铁钉。

雨伞

这是一把黑色的雨伞。当人们需要它的时候，它就伸开臂膀，挺身而出，主动承受着风雨，为的是给人们一份温馨。风雨越烈，它笑得越欢。当人们不需要它的时候，它就紧缩着身子，悄悄地站在屋子的角落，甘心寂寞。

这就是雨伞的精神，奉献的精神。

慢慢地，人们觉得雨伞应当是很美的，就给它换上了漂亮的衣服。平时，它像一朵含苞欲放的花；在风雨中，它则盛开怒放。在昏暗的雨景中，它是一幅精致的画。

脚手架

我们在建造大厦时，必须要搭脚手架。大厦砌多高，脚手架也搭多高。没有脚手架，大厦造不起来；大厦造好以后，又必须把脚手架全部拆掉，不留一点痕迹。在建造大厦的过程中，它是必需的；在大厦造好以后，它就是多余的。

脚手架毫无怨言，依依不舍地离开了它怀里的大厦。高楼显出了它的雄姿，万人瞻仰。脚手架却被堆在一边，悄悄运走，没有人再提起它。直到它出现在另一处建筑工地上，我们才会看到它的存在。

这才是真正的奉献。

在人生的工地上，有的成为高楼，有的甘当脚手架，它们各自实现了自己的价值。

看不见的氧

妈妈带孩子到郊外旅游。

孩子看到野外的风景,高兴地说:“啊,真美啊!”

妈妈问:“你看到了什么?”孩子说:“远方的山,近处的树。”“还有什么?”“还有小河和草地。”“还有什么?”“还有地下的石头。”“还有什么?”“还有石头上的蚂蚁。”“还有什么?”“没有什么了。”妈妈又问:“我们呼吸时需要什么?”孩子说:“氧气。”“你看到氧气了吗?”“没有。”

妈妈说:“是啊!最重要的东西常常是我们看不见、被我们忽略了的东西。”

正面与反面

“好的反面是什么?”“坏。”“白的反面是什么?”“黑”。许多人都喜欢这样思考问题。

不错,在二维世界里,正面与反面的界线是分明的。一张薄薄的纸,可以不考虑它的厚度,它就成了二维的物品。它一面为正,另一面为反,清清楚楚,明明白白。

可是,我们生活在三维世界里,事物都是多面体,很难分清哪是正面,哪是反面。比如一座高山,哪面是正,哪面是反?

世界不是一张纸。照片是被压扁了的世界。

多面体在每一瞬间只向我们展示它的一面或若干面,而不可能同时展示它的许多面。我们认识中的片面性是难以避免的,因为事物本质的展示有其局限性。但我们要不断地超越片面性,尽量认识事物的更多方面。为此,我们就要使自己和认识对象不断地“旋转”。

傻瓜机与傻瓜

傻瓜照相机，操作简便，无需什么“须知”，拿起来就拍，连傻瓜都会使用。所有的自动机都是傻瓜机。

傻瓜机的设计者当然不会是傻瓜，而且他每设计一种傻瓜机，他的智慧就增加一分。

傻瓜机也会使人变傻。如果有人完全依赖傻瓜机，做什么事都怕动脑筋，那他每使用一次傻瓜机，他的智慧就减少了一分，最后变成了傻瓜。

对于傻瓜，所有的普通人都能随意地使唤和支配。傻瓜实际上也可以看作是一种傻瓜机。

于是，傻瓜机使人异化为傻瓜机。

单调的球

我们可以把球定义为没有任何突出部分的几何形体。

球面面俱到，处处光滑。无论你从哪个方面来观察它，我们都可以看到相同的优美的球面，完美无缺，无疵可挑。因此，柏拉图、亚里士多德都认为球是最完美的图形。

也正因为如此，球是单调的。世界上所有的球都形状相同，唯一的区别是半径的大小。除了圆滑，它毫无个性。

也正因为如此，球是随意的。它没有自己的选择，可以朝任何方向滚动。

如果球面上有若干突出部分，有棱有角，那它就不再是个球，而是个多面体。你从不同方向去观察它，就会看到不同的形状。它是丰富的、充实的。

世界不是球，而是不规则的多面体。

我们的思想，我们的为人，也不应当是个单调的球。不要追求完美，只求具有个性和特色。

有缺口的圆

人们赞美圆，说它是完美无缺的象征。古希腊哲贤就说过，世界上最美的图形是圆。

其实，“无缺”并非是好事。无缺的圆自以为完整，拥有一切，却是个封闭体系。有缺口的圆是一个开放系统。缺口是“缺损”，但又是它与外界的通道，可以从外界吸取新的东西，不断丰富和完善自己。

完整的圆是僵化的圆，它好像什么也没有失去，但又失去了一切。它失去了交流，失去了活力，失去了历史，失去了创造的机遇，也失去了生命的乐趣。

因此，有缺口的圆比完整无缺的圆更美，更有魅力。完美无缺的圆只存在于想象之中，现实的圆总是有缺口的。当然，如果缺口太大、太多，残缺不全，也就不成其为圆。

因此，我们不应当要求自己是个完美无缺的圆，而应当是个有合理缺口的圆。

木桶和筛子

木匠用一组木片和一个圆底，箍成一只水桶。如果木片的长度不一，那么这只水桶的容积不是由最长的木片决定的，也不是由它们的平均长度决定的，起关键作用的是那片最短木片的长度，它唯一地决定了水桶的有效高度。

篾匠编一个大筛子，上面有许多大小不同的孔。多大的东西能穿过这个筛子？这不是由最小的孔决定的，也不是由孔的平均面积决定的，起关键作用的是那只最大的孔。

一群人组成一个集体，各人的情况当然有很大的差异，集体的功能往往是由个别突出的人决定的，这包括各方面的、各式各样的突出。有时是水桶的规则起作用——向短的看齐，有时是筛子的规则起作用——由最大的决定。

寻找的乐趣

我曾买过不少雨花石，令我眼花缭乱，爱不释手。

我自己也曾在山坡上捡到过几枚雨花石，虽没有买的美，但它给我带来了特殊的喜悦，更使我珍惜。

寻找的乐趣，远远超过了购买。

我永远是个寻找者。我一直在寻找、寻找。

对呈现在我眼前的东西，我虽然也会有浓厚的兴趣，但那隐藏在背后的东西，对我却有特殊的魅力。

寻找过程的价值，往往超过了所找到的东西。我所找到的，未必就属于我个人所有。但那份惊喜，却只有我才能感受。

这世上有许多有趣的东西，正等着我去寻找。

铁锤的本色

是铁锤，就要露出自己的本色，不要裹什么丝绸。

是铁锤，就要狠狠地砸下去，不要像孩子用柔软的小手轻轻抚摸妈妈的面颊。

如果裹着美丽丝绸的铁锤来轻轻地抚摸我，我只会感到恶心。我会一直在担忧，在温柔的背后还会发生什么事情。

屏风

屏风不是门,因为它并没有把房间封闭起来。屏风不是帷幕、窗帘,因为它并没有完全掩盖房间的某一部分。你若想看屏风另一边的景物,只需一伸头,便一目了然。

那屏风站在那里干什么呢?它只是在一般情况下挡住人们的视线,不让人们自始至终地看到它背后的那一边,不让人们在没有必要的情况下长时间地看到它的另一面。如果人们确有看的必要,它也不会阻挡。屏风是一种对人们的提示:有必要就看,没有必要就不看。没有任何强制,全凭你自由选择,这就使你避免了可能出现的尴尬。

你在别人的屏风面前是否会伸头探脑?

我们自己是否也需要一扇屏风?

颜料的位置

一滴颜料如果落在画面的恰当位置上,就是艺术。如果出现在白色的墙上,它就是多余的,那就是脏。

我们日常所说的"脏",实际上是一种错位,出现在不该出现的位置上。对于合理的位置而言,多余的东西就是脏的东西。

重要的是位置。

在人生大舞台上,每个人都应当找到自己恰当的位置,找不到合理的位置,那就是个多余的人,这时标榜自己的纯洁无辜是徒劳的。

井台的伤痕

一口老井,有座石头井台。井台上有一条条又深又光滑的沟,这是水桶绳子长期磨损的痕迹。

桶绳是柔软的，井台是坚硬的，可是，桶绳却把井台折磨得道道伤痕。今天，带着伤痕的井台依然存在，而制造这些伤痕的桶绳却早已无影无踪。

人类的历史常常是这样，创造者早已消失，它的创造物却依然如故。

电线杆的偏见

大地是个球。每一根指向地心的电线杆都有权利说自己是正直的，都有理由说别的同样指向地心的电线杆是倾斜的，是不正直、不公正的。而别的电线杆同样也有根据说它是歪的。

这也许就是电线杆的偏见。

其实，每根电线杆的看法都有一定的合理性，也都有一定的片面性。关键是大地不是一个平面，而是一个球。

人世间也不是一个平面，而是一个球。

原子的偏离

古希腊哲学家德谟克利特认为，原子只有必然的运动，没有偶然的运动。伊壁鸠鲁则认为原子既有直线运动，又有对直线运动的倾斜。

原子的运动既有一定的轨道与秩序，又有对这种轨道与秩序的倾斜或偏离，这便是必然性与偶然性的统一、确定性与不确定性的统一。万物既相互平行，又相互碰撞。

如果原子只有直线运动，那世界就非常规则，也非常单调。这一倾斜，世界便有了不规则性、不确定性，这世界便出现了各种形态，世界便出现了生命，出现了复杂性。

没有偏离，就没有突破，就没有超越。偏离是生命之源，是复杂性之源。

伊壁鸠鲁的“倾斜”，是对德谟克利特原子论的偏离，正是这个偏离，使古老的原子论获得了新的生机。

拉链

拉链在未咬合以前，是两根独立的布条。

它们就像两排密密麻麻的牙齿，相互对峙，势不两立。它们就像两列敌对的士兵，张牙舞爪，严阵以待。它们又像两堵城墙，岿然不动，大有把一切入侵之敌拒之门外的气概。这时很难想象它们会联合在一起。

可是，我们一旦采用合理的方法，它们就会像两排紧攥在一起的手，结合得严丝密缝，亲密无间。它们相依为命，不愿分离，真是天造一对，地造一双。

有时两个人就像两片拉链，起初怎么也凑不到一块，一旦对上了路，就会亲密得像一个人。

可悲的沙粒

沙子是不可缺少的建筑材料，没有它就没有水泥。

可是，离群的沙粒总是扮演着多余的、令人讨厌的角色。无论它流落在哪里，只要人们发现它的踪迹，总要把它像贼一样找出来，然后又像垃圾一样抛弃掉。难道我们能容忍饭里、鞋里、桌面上、衣袋中有一粒沙子存在吗？

可是，当沙粒积成一堆时，人们就对它另眼相看。沙粒的价值只存在于它的整体之中。沙粒一旦离群，就失去了它的意义。

雨花石的价值

有一枚雨花石，卖石头的人觉得它很平常，标的价钱就很低。爱石者不屑一顾，卖了一年多都无人问津。

某日，一个小孩突然指着这块石头说："飞碟！"卖石人一看，果然是活脱脱的一个飞碟的缩影。立刻，这块雨花石的价格就翻了几十倍。

雨花石的价值是由什么决定的？由它本身的形状、花纹和颜色，还是卖石者的愿望、买石者的偏爱、旁观者的慧眼？

飞碟专家再也不会想到，它的工程设计竟赋予了千百万年前就已经形成的某一块雨花石新的生命。

事物之间的联系有时就是这般有趣。

照片的启迪

我仔细观察我在户外拍摄的一张照片。

我发现那照片上的景物除了大概轮廓似曾见过以外，其中的不少人、树、房屋、车辆，都是我未曾看到过的，更不用说那广告上的图案和字了。显然，我在拍摄这张照片时，这些我感到陌生的一切都曾进入了我的眼中，可是，我几乎是视而不见。

映入我们视网膜的东西，并非就是已被我们所看到的东西。眼睛不选择，不聚焦，就什么也看不见，而且在短时间内，我们只能看到进入我们眼中的图像的一部分。

所以，没有注意就没有观察。

缩短笔芯

过去圆珠笔有个缺点，大约写到 20 万字就要漏油。专家们绞尽脑汁，提出各种解决方案，或改进圆珠质量，或提高油墨性能，或重新设计笔的结构。但这些方案都会大大提高圆珠笔的成本。

专家们正在为难，日本青年工人渡边却想出了一个十分简单的方法：缩短笔芯，写到 19 万字油就用完。既然一支圆珠笔写不到 20 万字，它也就不会漏油了。

为了使一件事比较圆满，适当地提前结束它，常常是上策。

狡猾的沙漠

沙漠是狡猾的，它只有一种颜色，却总想改变自己的形状。其实，它改变的只是一些线条，让人更难分辨。

大风在呼叫时，沙漠始终沉默不语。它占领了大地，却又要让人们忘记它的存在。

它随时准备吞噬在它上面出现的任何事物，而不用任何工具。

当它埋葬掉一切以后，很快也掩盖了它的痕迹，似乎什么事情也未发生。无声无息，无影无踪。

它就是我们肉眼所能看到的黑洞。

在人群的绿洲中可能会隐藏着一种沙漠。这是看不见的无形的沙漠，因而也就更加狡猾。

随风的小船

一只随风飘荡的小船，总以为自己一直是一帆风顺，从未遇到过逆风，十分得意。可是，它忘记了一点，它失去了应当到达的目标。它既然把自己的命运交给了风，它当然总是顺风。不是风顺着它，而是它顺着风。它已不再是为航行而制造的船，只是把若干木块连在一起的漂流物。它失去了船的魂。

当我们感到一切都不必自己操心时，我们就应当想想，我们是否放弃了追求。

雪的纯洁

诗人问："雪，纯吗？"

歌德说："雪是虚假的纯洁。"

不，雪是暂时的纯洁，是无法长久保持的纯洁。

雪的遗憾与雪的珍贵都在于此。只要雪给我们提供一种纯洁的印象、纯洁的回忆、纯洁的共鸣。它虽短暂，也有价值。

我们在生活中不要追求永恒，而应当追求"意义"，即使是短暂的意义。

沉寂的雪花

雨水是欢唱的，雪花则是沉默的。雪花唱不出那份歌声，因为它缺少雨水的热情。

雪的世界，不可谓不美。但它美得单调，美得冷寂，甚至美得冷峭。

雪的美只能是短暂的，因为它缺少热烈，缺少激情，缺少活力，缺少兴奋。

雪花深知自己的美，并用它的冷漠来维持它的美丽。它从不激动，从不跳跃。它知道，如果它的心一旦热起来，它那美丽的六角形结构就会消失。

所以，它默默地落下，便是一片沉寂。

所以,我们只是在短暂的时间内赞美雪景,却不会把它当作理想的世界。

墙与门

每一座建筑都有封闭的墙,至少有一扇门。门的存在,既告诉人们墙内是另外一个领域,又在提示人们,只要推开门,你就可以进入这个陌生的世界。

门是可以打开的墙,墙是打不开的门。正因为有墙,才会有门。拆掉了门,墙就失去了它的作用;拆掉了墙,那扇孤立的门就成了多余的赘物。门是墙的缺口,但墙不把门当作异己。有了门,墙就活了。没有墙也就没有门,没有门也就没有墙。

墙意味着内外有别,门则体现了内外的联系。墙的功能是阻止外物的进入,门的功能是为外物的进入提供通道。任何一个合理系统的外壳,都是墙与门的组合。

事物之间的界线就像门,它的存在是让人突破它。

我们的内心世界,也应有一堵墙,也应有一扇门。

美丽的鞋垫

听到过内蒙古的人说,那儿有一种民间工艺品,十分精致——把美丽动人、栩栩如生的蝴蝶,绣在鞋垫上。

美丽的鞋垫,这真是令人遗憾的艺术。

既然创造了美,就应当让它展示出来。把它塞在鞋子里,踩在脚下,难道让脚来欣赏吗?被封闭的美,已不再是美。

可怜的小蝴蝶,你张开翅膀,从那阴暗的角落里飞出来吧!

地桩

一根根地桩，朴实得不能再朴实，坚强得不能再坚强。

地桩是地下的柱。地上的柱子，支撑着各种建筑，地下的柱子则支撑着地上的柱。整个大厦都靠地桩来支撑。

它深深地埋在地下，再无出头露面之时。楼盖得越高，它也埋得越深。人们只看到一座座高楼，却看不到地下的地桩。它是大厦的根。

那一根根无声无息的地桩，才是真正的擎天之柱。

文化的地基

每当考古学家从地下挖出一件珍贵的文物，人们都惊叹不已。这些古老的文物，又获得了新生。有许多文物，人类恐怕很难把它们挖掘出来了。这些文物对于人类来说，它是消失了。

可是，这些文物在历史上曾起过一定的作用，它们的影响又会直接或间接地、以不同的形式和不同的程度保留在其他文物之中。可是，我们能够看到的，只是地面上的文物。

在高大的文化大厦里，我们可以看到各种形态的文化。但有些历史文化，我们再也见不到它们的踪迹。它们消失了，不是消失在虚无之中，而是被深深埋在历史的底层，构成文化大厦的地基，它们对现代文明的支撑却是永恒的。

一部人类文化史，杰出人物的丰功伟绩就像地面上的大厦，亿万群众的工作却埋底层，构成了这些大厦的地基。

原始即自然

《地理知识》上有一篇介绍我国羌族建筑的文章，说这种建筑至今仍保留着浓厚的原始性。那么，什么是建筑的“原始性”呢？文章说，原始性就是随意性，没有统一的规范和统一的尺度，想怎样建造，就怎样建造。于是，就出现了“家家平面不同，户户空间有异的灵活自由、丰富多彩的建筑局面”。

建筑的原始性，就是无规范性、无标准性。自然形成的事物都没有严格的规范和标准。原始性的房屋皆依地而建，即顺应自然地形而造。所以，建筑的原始性，也就是建筑的自然性。

原始即自然，人造即不自然。严格的规范和标准，都是后来人制造出来的。

项链的真假

贫穷的人明明佩戴的是条真的金项链，人们却说它是假的；有钱人明明佩戴的是条假的金项链，人们却偏偏说它是真的。

可见，人们判断黄金项链的真假，并不完全根据这项链本身，还要看它戴在什么人的脖子上。

对物的评价，总离不开拥有它的人。

鱼皮花生米

花生米外面裹着一层油光光的外壳，便成了鱼皮花生米。鱼皮花生米多了一层东西，按理说应当比单纯的花生米更加可口，但吃的人却不多。问题就在这层外壳上，它既可以是美味佐料，又可能是一层伪装。有了层鱼皮，我们就不知道裹在其中的花生米的好坏。一旦吃颗霉的，吐都难吐干净。当然，我们可以先小心翼翼地咬开外壳，仔细窥探一番，然后再决定是否把它放进嘴里。可是这样一来，随意悠闲咀嚼的雅兴早已荡然无存。

有些人特别讲究包装，甚至装扮得冠冕堂皇，金光灿灿，香气喷鼻。跟这些人打交道，使人不禁想起吃鱼皮花生米的那份犹疑。

月恋

我们对月亮充满了柔情。在古老的神话中，月神都是位美丽的女性，历史上又有多少咏月的绝唱！更令人玩味的是，美国把人类第一次登月的计划称为阿波罗计划，阿波罗是古希腊神话中的一个英俊的男青年。人类首次登月，好比阿波罗同月亮女神约会。在这个现代神话中，阿波罗正是我们地球人类的化身。

在我们地球人类的内心深处，对月亮有一种爱情般的恋情。月色似水，我们对月亮的柔情也似水。

对大自然的爱，是人的本性。

月亮的传说

月亮上有一块阴影。关于它，不同的民族有不同的传说。印度人说那是只兔子，萨摩亚人说那是女人在纺织，中国人说那是个男人在砍树。只有伽利略说那是高低不平的山。从此，各国的科学家都这样说。而各民族的传说仍然世代相传。

科学的真理只有一条，优美的传说则千差万别。科学追求的是统一，艺术向往的是多样。

投鼠忌器

“欲投鼠而忌器。”这是说，担心在砸老鼠时，打坏了旁边的器物。为不使器物损坏，人们常对老鼠奈何不得。

为什么顾忌器物被砸？因为破坏一件东西很容易，举手之劳；而制作一件东西则很难，常需要许多道工序。

创造难，破坏易，这是世界变化的一条普遍规律。而且，越是复杂、高级的东西，创造就越难，破坏就越容易。做个小型电脑比做块砖头要难得多，砸坏小型电脑要比砸坏砖头容易得多。

为什么如此？因为制造出来的东西具有准确的（甚至是唯一的）结构与形态，而破坏那种东西，却可以随意造成各种任意的结构与形态。如果要你把一块砖头破坏成三个形状相同的部分，那就比做这块砖头难多了。

所以，器物越精致，人们对老鼠也就越宽容。

食物的哲学

一块肉煮熟了，便香；变质了，就臭。这是人人皆知的常识。可是，为什么？

如果一块肉煮熟了，就臭；变质了，便香，这又会出现什么情景？

也许，煮熟了的肉，可以吃，对人有营养，所以就香；变质了的肉，不能吃，吃了有害，所以就应当臭？那这又是谁的安排？

是因为熟肉可以吃，人才觉得它香，还是人觉得它香，才去吃它？

猪并不是为人而生的，可是，为什么烧熟了的猪肉就会发出诱人的香味？

在这些问题的背后，大约就有一种哲学，食物的哲学。

填补空缺

一只大桶，我们先往里面放西瓜；西瓜放不下了，还可以放进一些核桃；核桃放不下了，还可以放进一些芝麻；芝麻放不下了，还可以倒进不少水。

如果先往桶里倒满了水，那就什么东西也放不进去了。

在生活中，我们应当先安排大事情，然后再利用大事情的空隙来安排较小的事情，这样，大小事情都有了一定的安排。如果先排满了小事情，那什么大事情都做不成了。

在安排角色时，应当先安排比较固定的角色，然后再安排比较流动的角色，因为后者可以填补各种大小的空缺。

机器文化

有一首题为《我和机器》的诗，其中有几句这样写道：

每当我为名利东奔西走，
总是那么崭露声色的机器，
用钢铁的脊梁如啸的歌声，
抽打并清洗我的灵魂，
让我满怀敬畏和惭愧。

在机器的面前人们感到惭愧，需要机器不断抽打和洗涤自己的灵魂。人敬畏机器。在机器的面前，人觉得渺小和猥琐。

这是机器时代形成的机器文化。

歌德在《浮士德》中说："天下事实再离奇，到头来我们还是依靠自己制造的东西。"人制造了机器，又依靠机器。依靠到一定程度，人在机器面前就产生了异化。

可是，机器永远都是人的工具。

海岸线的长度

科学家在测量海岸线的长度时,他测得越细致,测出的长度就越长。测量山的高度却不是如此,无论测量得如何精细,所量出的山的高度却不会有什么明显的增加。

这是因为海岸线是条不规则的曲线,而山的高度则是一条理想的直线。在有限的空间范围内,不可能无限地延长它所包容的直线,却能不断延长它所包容的曲线。

人的气质不应当是条单调的直线,而应当是一条弯弯曲曲、多姿多态的曲线。别人观察得越仔细,它的内涵就越丰富。

黄山的小竹棍

那年结伙爬黄山,每人都买了一根小竹棍。大家带着它爬过了一个又一个山头。前进时,用它支撑身体;眺望时,用它指点江山;坐在石头上休息时,它就默默地依偎在我们的身旁。

三天的旅游结束,它成了我们的朋友。当我们离开黄山时,汽车站上有人在收购竹棍,可是,我们仍然把它握在手中,把它带上了车、带回了家。

几年过去了,它一直靠在我的书橱旁。每看到它,就不禁想起了黄山,想起了它陪伴我度过的欢乐的日子。

凡是对我们有过帮助的物,我们都不会忘记,何况是帮助过我们的朋友?

万物都有爱心

万物都有爱心,所以万物都互相吸引。

苹果熟透了就会落地,力学家说这是地球对苹果的吸引,我却要说,这是果树献给大地的一份爱心。果树通过自己的果实来亲吻大地,并把自己最甜蜜的部分,把自己的未来和希望,献给了大地。

万物互相吸引,因为万物都有爱心。

因为万物互相吸引,所以万物才会摩擦和碰撞。

生命易朽

花瓶里插着许多枝花,其中只有一枝是真花,其余都是假花。假花可以乱真,不知是假花像真花,还是真花像假花。

几天以后,群花仍很鲜艳,唯有一枝花枯萎了,这正是那唯一的一枝真花。假花是不会谢的,不是因为别的,只是因为它是假的。

一般说来,生命的历史比无生命物质的历史短。唯有生命才会枯萎,因为唯有生命才会创造。生命在不断创造的过程中消耗得太多,也为世界贡献得太多了。假花虽不易枯萎,但人们更珍惜真花,不为别的,只是因为它是真的。我们不必为鲜花的短暂生命而惋惜,因为它曾有过一段亲自创造的辉煌。真花的美是它自身所具有的,因而也是真实的。

所以,林黛玉决不会去葬假花。

生命是起伏

我们画房子,如果把直线画得很直很直、就像用直尺画的一样,那画面就会显得僵死、呆板，毫无生气。

如果把直线画得自然一些，有些起伏和弯曲，那整个画面就活了。

生物体的线条都有弯曲和起伏，只有机器制造出来的物品才会有笔直笔直的线条。

生命就是弯曲，生命就是起伏。

树的两个世界

一棵树，两个世界。

在地上世界，树的生长是天天向上，离它的“本土”越来越远，越来越向往蓝天。

在地下世界，树的生长是天天向下，深深投入大地的怀抱，越来越依赖它的“本土”。

树的生长是向上与向下，破土而出与扎根土壤的结合。它既立根于土，又超越了土。由于我们生活在地上世界，往往只看到树的生长是越长越高，而忽视了它的生长同时又是越长越深。树的生长是两个方向，所以它拥有两个世界。

高高的躯干，深深的根，这才是一棵完整的树。树都是同时生活在地上和地下的“两栖植物”。

半球形的树

花匠很仔细地把一株灌木修剪成一个半球，十分悦目。可是，几天以后，这个半球的轮廓就开始模糊。因为有的枝叶长得快，有的长得慢；有的长，有的短；各个枝叶长的方向不相同。若想使它保持半球形，就必须继续修剪。否则，时间一长，这棵树就必然会恢复到修剪以前的自然姿态，而永远不可能自发地长成半球形，或者说长成半球形的几率几乎等于零。

参差不齐是事物自发变化的趋势，物体形状会自发地变得无规则，规则的形状常常是人控制的结果。

同样，变化与发展的不同步性、不平衡性、不均匀性、非齐一性即多元性是一条宇宙的基本规律。

根的纪念碑

树根从来都是埋在地下的。人们熟悉地面上的树，却很少想起埋在地下的根。树根在地下是什么形态，也很少有人了解。

艺人们把树根挖出来，做成各种造型，或人，或鸟，或兽，千姿百态，栩栩如生。有的雄伟，有的妩媚，有的精细，有的古朴，美不胜收，令人叫绝。人们这才惊叹，原来树根也长得如此潇洒，似乎第一次认识到根，觉得根也是那样的亲切。

根只知道奉献，而且是在黑暗的底层无声无息地奉献，直到最后给人当作燃料。幸亏有了根雕艺术家，它才终于上了案头，展示在人们面前，供人欣赏，被人珍藏。这实在是对根的报答。

那一座座根雕艺术品，是人为根塑造的纪念碑。

向上生长的根

一般植物的根都是向下生长的。委内瑞拉却有十二种树的根，沿着树干向上生长。

诗人会赞美这种树根积极向上、富于进取的精神，吟出令人热血沸腾的诗句。可是，这种树根向上生长的原因却十分简单——吸收沿着树干流下来的雨水。它也不是为了天降的甘露，只是为了吸收雨水中的矿物质。

诗意不在物，只存在于人心中。

无花果

无花果并不是无花，而是它的花很小，是世界上最小的花。我们用肉眼看不清楚，所以误以为它不开花。

无花果对于它自身来说，是有花；对于人来说，是无花。可见，它的花并不是为人而开的。

那些人的眼睛能看到的花，也不是为了取悦于人而开的。

但是人在花的面前总是自作多情。杜甫诗曰："感时花溅泪。"明明是人把泪洒在花上，却仿佛是花对人挥泪。照前面的讲，是记事；照后面的讲，才是吟诗。

也许，大自然原本是只无花果，为了人，那各种果树才开出了各种花。

为花叫屈

花多美，花多香，谁不喜欢花？

在我们的日常用语中，经常会提到花。奇怪的是，却常常是贬义。如，花天酒地、花言巧语、花里胡哨、花不棱登、花街柳巷、寻花问柳、花花世界、花花公子、花花心、打花拳、造花帐、耍花腔、耍花招、玩花样，等等。酒肉和尚称为花和尚，连乞丐都称叫花子。消耗也称为"花费"，好像是为花而消费的。

为什么这么美好的词，却被用来描述不好的人或事？谁之罪？是花，还是人？

花不会糟蹋人，只有人会糟蹋花。我要为花叫屈。

落叶

落叶疲倦了，憔悴了，它为果实操劳了一生，该落土休息了。在它生命的最后时刻，它轻轻地吻着大地，但它的心在向往它的根。就这样，它默默地回归大地，再孕育着新的果实，而不计较是否给人们留下什么回忆。

秋树的落叶，不是它伤感的泪。它是用它的过去，来培育它的未来。

落叶献出了绿，显出了大地的本色。

枯黄的叶，在大地母亲的怀抱里，又获得了绿的生命。

叶的拥抱

一棵大树，长出许多片树叶。它们虽是同根所生，相互靠得很近，但一直彼此相望，却很少互相接触。

秋天到了，树叶都枯黄了，陆续落到地面。人们在扫地时，才把它们集中在一起。

这时，在树叶的生命即将结束时，它们才互相拥抱。

它们拥抱得太迟了。

叶子的命运，是自然界的安排。社会虽然像棵大树，人却不像那树上的叶。

枯叶蝶

枯叶蝶就像两片灰色的枯叶，除了翅膀的轮廓，一点也不像蝴蝶。

生物学家说，它变成这个样子，有利于它的生存。

我却为它感到很可悲。为了保存自己，竟抛弃了自己斑斓的色彩和优美的图案，它再也不是一只蝴蝶了，它失去了蝴蝶的灵和韵。失去了自己的本质，失去了自己的品格，那存在还有什么意义呢？

枯叶蝶只是一种稀有蝴蝶。绝大多数蝴蝶面对着残酷的生存斗争，也不愿意放弃展示自己本质的追求。

普通的小草

公园里，开满了花，长满了草。

花是那样娇艳，小草是那样平凡。同样是植物，反差竟如此之大。小草嫉妒鲜花吗？它是否会在埋怨自己的命运？鲜花鄙视小草吗？它是否担心自己也会落到小草的地步？我都不得而知。

我想，鲜花确实潇洒地走了一回，它的一生虽然短促，却辉煌。那小草的一生又有何意思？

我又想，世界总得有草地，总得有小草，否则就不会有鲜花。小草的一生确实太平凡了，但又是大自然必需的一部分。

在人世间，鲜花毕竟是少数，那一望无边的草原，站立着的全是极普通的小草。

做不了鲜花，就做一棵普通的小草。

含羞草

小小的含羞草，被什么东西粗暴地碰了一下，便立刻卷起了身躯。

人们说它害羞了。

不，这是弱者对霸者的鄙视和厌恶。

虽说它无力抗争，但仍然表示了它无声的抗议。

人如果到了麻木的状态，就连小小的含羞草都不如了。

无形的腐烂

苹果烂了一块,呈淡淡的灰黑色。我们常用刀挖去这小块,那大部分未见腐烂的苹果,我们依旧吃掉。的确,那未见烂的部分,看起来无异色,吃起来也无异味。食之心安,弃之可惜。

殊不知,那大部分苹果虽未见烂,那已腐烂的部分早已将有毒物质渗透到整个苹果,吃下去对身体是有害的。明智的做法是:把整个苹果扔掉。

有形的腐烂容易引起人们的重视,那无形的腐烂、尚未变色变味的腐烂,却往往不被人们觉察。

所以,无形的腐烂比有形的腐烂更具有危害性。

透明的障碍

一只苍蝇在不断地向窗上的玻璃撞去。它想飞到窗外,却未发现玻璃的存在。我把窗户轻轻推开一个角度,给它开拓一条出路,但它仍然不断地向玻璃撞去,发出“砰砰”的响声,大有百折不挠的气概。直到我把窗户开成一个直角,它才“呜”的一声飞了出去。

这可怜的小虫,它能成功地绕过各种障碍,却被透明的障碍所困。它百思不得其解,只好把自己的最后解脱,看作是一种奇迹。

在人生道路上,恼人的就是那些大大小小的透明障碍。你看不到它,它却阻碍着你。我们有时被碰得头青脸肿,却弄不清究竟碰到的是什么,就像那只可怜的苍蝇。

精致的缺陷

有的科学家认为,乌龟壳的形状呈流线型,使乌龟前进时,所受到的空气阻力比较小。

乌龟以行动缓慢闻名于世,这同它背上沉重的壳当然有很大关系。现在又说龟壳的形状有利于乌龟的爬行,那么,龟壳对乌龟的爬行速度究竟起了什么作用?

既然是缺陷,那它无论多么精致,终究还是缺陷。正如一个水缸被砸开了一个洞,那无论这个洞的形状如何悦目,裂缝何等优美,它总归是个破洞。

不要用缺陷的精致来为缺陷辩解。

雄鹰与空气

雄鹰在空中翱翔,人们都仰着头欣赏,无不赞叹老鹰的雄姿和它有力的翅膀。可是,没有鹰翅下的风,没有老鹰周围的空气,雄鹰如何飞翔?

那最起码的条件因为已经存在了,所以往往就被人忽视了。那最不引人注目的东西,可能就是最必需的东西。

爬行类与鸟类

学生:“为什么爬行类动物一般都很丑,而鸟儿不是长得很威武,就是长得很美丽?”

老师:“因为爬行类动物只是在地面上爬行,而鸟儿却在天上飞翔。”

驯兽

在电视屏幕上，我们看到了俄罗斯驯兽家的精彩表演：五六只狮子、老虎在一起，一声不响，叫它们干什么就干什么，如同提线木偶，任凭摆布，比所有的孩子都听话。驯兽师同一头雄狮亲吻，把手臂放在狮子嘴里。抓着狮子的尾巴摇晃，狮子都百依百顺，如可人的小鸟——不，更准确地说，雄狮失去了本性，失去了灵魂，成了披着兽皮的绵羊。

我这才懂得，什么是人类的力量，什么是"征服"。

孔雀开屏

俗话说：孔雀虽美，不常在人前开屏。

如果孔雀会思维，它将选择什么样的"开屏频率"？

开屏次数多，观赏到的人就多，影响就大，知名度就高。但若经常开屏，会缺少新鲜感、神秘感与刺激性。若整天开屏，人们甚至会习以为常，熟视无睹，久见其美而不觉其美。

于是，孔雀就不常在人前开屏，也不让人事先知道它何时开屏，常使人翘首以待，望穿秋水。一旦开屏，首先就给人一份惊喜。

如此说来，孔雀不仅美丽，而且聪颖，善于有节制、有保留地展示自己的美。

牛的困惑

牛年到了，报刊上一片赞牛声。大大小小的文章都说，要发扬牛的精神、牛的风格，做人民的老黄牛，等等。

似乎牛成了人学习的对象。似乎要用牛的形象来给人引路、鼓劲儿，从牛那儿寻找前进的动力。

牛听了很纳闷：人喝足了牛奶，吃饱了牛肉，为何大唱牛的赞歌？我们一直给人做牛做马，人为何想做牛？人进化了多少万年，反而不如我们牛？难道人类发展的下一个目标是成为牛？

人对牛发一些感慨，抒发自己的意愿，本无可非议。但这些话讲多了，有人难免要问：既然我们是人，何必老是用牛来激励自己？

鱼刺

"爸爸，为什么鱼身上有那么多的刺，它却不感到戳的疼？"

"因为这些刺是从它身上慢慢长起来的。"

"如果用别的鱼身上的刺来戳这条鱼呢？"

"那它肯定会感到疼了，因为这根鱼刺是从外面戳进去的。"

"呵！外面来的东西跟自己身上长的东西就是不一样。"

软着陆

飞翔是鸟儿的本领，这谁都知道。

可是，鸟儿还有另一项本领：降落，这却常被人忽视了。

在地球上，凡是升起的东西，迟早会下落。鸟儿出生在地下，然后才飞上了蓝天。鸟儿又不能总在天上飞，隔一定时间就要下落。鸟儿不知降落过多少次，却从未发生事故。这是因为，它是软着陆。

可见，鸟儿不仅能腾飞，还要善于着陆，能上能下，能飞能落。落的本领的重要，一点也不亚于飞。

名气再大的人，也是在地下出生的。地位再高，最后总要落到地面。不下落是不可能的。不是软着陆，就是硬着陆。所以，我们不能只想学会腾飞，也要想着学会降落。

异形生物

美国有部科幻片，叫《异形》，讲述的是发生在南极考察站的故事。从外星来了一种神奇生物，它的分子一旦侵入别的生物体内，立刻就使这个生物的细胞同化，变为这种异形生物。它可以在一段时间内仍保持原貌，但实际上它不是原来的生物了。它又可以侵入别的生物组织，使别的生物也变成异形生物。这种入侵的速度快得惊人。

当美国考察站的工作人员发现了这种异形物体以后，他们也开始被这种怪物入侵。考察站一片惊慌，人们彼此猜疑，因为谁也弄不清谁已被异形物体同化了……故事的结局当然是很悲惨的，考察站几乎所有的人都死了。

这种异形物体是科学家和艺术家的想象。但在现实生活中也会有大大小小的各种异形物。那些被美化了的恶，正在不断侵入人类，同化人类。它那样凶残，又那样善于伪装，它就是可怕的异形生物。

生物的道德

狼有锐利的牙齿，是食肉动物，所以，狼认为，吃小动物理所当然，天经地义。

小白兔的牙齿很钝，是食草动物，常常是食肉动物的食物。所以，小白兔认为，它吃青草是合情合理的。它并未侵犯狼，狼却要吞食它，真是天理难容。

狼与小白兔具有两种不同的牙齿，就有两种不同的道德观念。

青草没有牙齿，所以，青草认为它并未侵犯小白兔，小白兔却以青草为生，也属罪恶行径。至于狼是否道德，青草认为这个问题与己无关，所以不作评论。

没有牙齿，又导致了一种道德观念。

原来在生物界，有不同的器官，就会有不同的道德观念。

那么，在生物界还有道德可言吗？

摩擦

力学家说，没有脚与地面的摩擦，人便无法走路。哲学家说，没有摩擦，世界便不会前进。

力学家说，没有绳子之间的摩擦，绳子便不可能打成绳结。哲学家说，没有摩擦，人们又怎能联结成一个整体？

摩擦是一连串轻微的碰撞，碰撞是一次激烈的摩擦。有了摩擦与碰撞，才会有琴声、鼓声、锣声，才会奏起世界的进行曲。

渠成水到

“水到渠成”是句成语，水流到了，水渠也就自然形成了。这儿的渠，是天然自然物。

我们也可以倒过来说：“渠成水到”，造好了渠，才把水引过来。这儿的渠，是人工自然物。

水到渠成是顺应自然，渠成水到是创造自然。

在天然自然界中，是先有流水，然后流水形成了渠，水的流向决定了渠的走向。在人工自然界中，是先有水渠，然后才引来了水，渠的走向决定了水的流向。

成语词典说，“水到渠成”这个成语，比喻条件成熟，事情就会成功。不过这儿的条件只是“自然而然”。“渠成水到”这一说法，倒真的是强调条件的重要，不过这儿的条件是人创造的。显然，“水到渠成”是等待，无需关于水渠的知识；“渠成水到”则是建设，就需要丰富的知识了。

“水到渠成”是“等待论”、“自然而然论”，“渠成水到”是创造论，人工论。

人文篇

人不是工具

斧子可以劈开木柴,但劈不开自己。钉子可以钉在别的物体上面,但钉不到自己。筷子可以搛别的东西,但搛不起自己。秤可以称出许多物体的重量,但称不出自己的重量。斧子、钉子、筷子、秤都是工具,工具的功能只作用于对象,不作用于自己。

人的眼睛可以看到很多很多,但看不到自己。胃可以消化各种食物,但消化不了自己。手可以抓住别的手,但抓不住自己。眼睛、胃、手都是人的器官,是人体所具有的工具。所以,器官的功能只作用于对象,而不作用于自己。

若是一个完整的人,那他不仅创造世界,同时也创造了自己。因为人是创造的主体,而不是工具。

多面人

某日,某人步行上班,见一老人走路困难,便主动扶他穿过马路,老人一再道谢。

第二天,他上班时经过一个土坡,一中年人扶着三轮货车站在那儿,见某人走来就说:“请您帮我推一把,实在麻烦您了。”某人摇摇头,看也不看,疾步走过。那中年人失望地看着他的背影。

在老人眼中,某人一定是个热心肠的好人,而在推三轮货车的中年人心里,他却是个冷血动物。可是,这两种截然相反的形象却属于同一个人。他似乎具有双重性格、两副面孔。

同一个人，在不同的生活片段里会扮演不同的角色。也许是他第一天心情愉快，第二天他心情烦躁。他的两副面孔都是真实的，他不是两面派。

人是一个多面体，常会有互相矛盾的表现。人是“多面人”。若干面是他的基本面，但也有与基本面差异较大的另外一些面。

人是最复杂的存在。

热血的人

在我们的语言中，“热”是褒义词，如热心、热诚、热情、热爱、热烈、热闹、热点、热门等等。“温”也是如此，像温暖、温馨、温和、温柔、温顺，温情等等。“冷”则是贬义词，如冷遇、冷淡、冷漠、冷清、冷眼、冷酷等等。如果我们受到别人的关心，即使是再热的天，我们仍会说“心里热乎乎的”，不会说“心里凉丝丝的”。至于寒心、胆寒，那都不是令人高兴的事。

为什么会出现这种情况？我原以为是我们祖先生活在寒冷地带的缘故。后来又想，大约是因为火的使用对人类的发展有重要的意义。

最后我才明白，因为人不是冷血动物。所以，人总是对“热”字情有独钟。

羡慕自己

我们应当经常反问自己：我是否羡慕我自己？

也许有人说，自己貌不出众，才不惊人，手头拮据，普通百姓，有什么值得羡慕的？

再想想，难道你的人格，你的善心，你的健康，你良好的心境，愉快的心情，不值得你自己羡慕？这些都同才貌、名利没有必然的联系。

不管别人是否羡慕自己，自己要羡慕自己。羡慕了，才会珍惜。

自己不羡慕自己，别人就很难尊重自己。自羡，就是自珍、自爱、自尊、自重。

我们常听人说，生活中这没意思，那也没意思。最没有意思的，便是自己不羡慕自己。

如果你的确找不到值得自己羡慕的东西，那你就创造条件，努力让自己羡慕自己。

只有羡慕自己，这日子才过得有滋有味，有价值，有意义。

三个人一把伞

在一把伞下面，一个人自由，但略嫌孤独；两个人亲密，但肩膀常会被打湿；三个人就拥挤不堪，总觉得有一个人是多余的。

如果真的下雨了，三个人只有一把伞，那该怎么办？

或许，三个人挤在一起慢慢地走，两个人被淋湿半个身子？

或许，两个人打一把伞，第三个人作出牺牲，成人之美？

或许，干脆收起伞，三个人在雨中快步前进？

采取哪种选择，看你是从心理学的角度，还是从经济学的角度来考虑，或者是在功利与情感之间取某种平均值。

本色的美

女孩子有各式各样的美。

例如，有些女孩子，不化妆不美，化妆了就挺美；有些女孩子，不化妆美，化妆了也美；还有些女孩子，不化妆美，化妆了，似乎美反而消失了。

你要问，在这三种女孩子中，哪一种最美？我最欣赏第三种。因为这些女孩子的美，是她们本色的美，是天生、自然、纯属她们自己的美。

她们的美无需刻意追求，无需特意修饰。修饰了，反而没有原来的美。

真正的美，无需修饰，也不可修饰。

人与角色

有一位著名的影视演员，为了体验生活，穿上清洁工的工作服，在大马路上扫地。

他平时走在街上，就会有许多人请他签名，弄得他无法招架。可是，他扫了十几天的大马路，成千上万的人走过他的身边，竟没有一个行人认出他。有一次，他不慎把扫帚碰到一位小姐的脚面，那时髦女郎瞪了他一眼，扬长而去。

他先是困惑，后来悟出了道理：许多人在生活中，首先注意的是位置，然后才注意在这个位置上是什么人。或者说，首先注意的是角色，然后才注意扮演这个角色的是什么人。

任性的火

火很任性。凡它碰到的东西，它都要烧，从不问烧掉的是什么。只要旁边有可以燃烧的东西，它就会不断地烧，直到烧光它能烧的一切东西。

总之，火从不选择它要烧掉的东西，也不愿受任何空间和时间的限制。火是非理性的象征。

所以，我们在用火时，既要选择被它烧的东西，又要控制它燃烧的时间和范围。为此，我们就给火配上火炉。火炉就是对火的限制。

人的欲望颇像火，也很任性。按欲望的本意，也从不知选择，从不知节制。难怪有“欲火”之说。对欲望之火，也要配上理性的火炉。否则，它就会烧掉我们自己。

梁山好汉排座次

梁山泊的108位好汉，个个都是英雄，这座位的排序，岂不是天大的难题？比出身？比资历？比贡献？比武艺？无论怎样评比，都难比出个高低。弄不好，一场内讧，人头落地。

可是，小说却轻易解决了这项尖端课题：在地下挖出一块石碑，上面写着36位天罡，72位地煞的顺序。此碑一出，宋江便迫不及待地说："上天显应，合当聚义。今已数足，分定次序，众头领各守其位，各休争执，不可逆了天言。"众好汉也只得说："天地之意，物理数定，谁敢违拗？"

其实，这哪里是什么天意？分明是宋江、吴用演出的一场戏——先写好碑，然后再埋到土里。

当人们无计可施时，迷信便派上了用场。

耐寒的脸

在寒冷的冬天，人体的各个部位都被包装得严严实实，唯有面孔露在外面。人的面孔最耐寒。

难道人脸的皮肤是用特殊材料制成的？当然不是。这是人认识外界的需要、是人际交往的需要。如果人的面部像人的腹部一样怕冷，如果人脸也有很多穿戴，那眼、鼻、耳如何从外界获得信息？人与人之间如何辨认，如何进行交流？即使人的面孔原来不能抗寒，它也会慢慢适应寒冷的气候。

人的脸，就成了人的窗口。

当事物具有某种需要时，它就会逐步获得满足这种需要的功能。

所以，从进化论的角度讲，不是因为爬行动物长出了翅膀，才想到飞，变成了鸟；而是爬行动物想飞，自己的两肢就变成了翅膀。

容纳陌生

外出旅游,我总喜欢拍照。回到家冲洗出来一看,照片上常有不少陌生的游客。

有人拍旅游照,不喜欢别人进入镜头,总要在自己同外人保持相当距离的条件下进行。我对此却从不介意。人生在世,能摄入同一个镜头的人,也算是一种缘分。我们毕竟在相同的时间里,相聚在相同的空间中。

因此,我在欣赏风景,欣赏自己那十分亲切形象的同时,不免也要欣赏那些素不相识,甚至没有正眼观察过的朋友。欣赏他们的衣着、容貌,猜想他们的职业、性格,这不也是一道引人入胜的风景吗?

在生活中,应当能容纳陌生。

背影

不同我交流的人,我只能看到他的背影。

这背影固然也是他,可是,我却常常难以把他跟别人区别开来。因为我只看到他的轮廓,却看不到这轮廓里丰富的东西。

背影是被简化了的他,是被掩盖了的他。背影就是人掩盖正面的一块幕布,背影就是一堵无形的墙。

我对背影说:朋友,要么你就走开,要么就请你转过身来吧!

可是,时光是不可逆的,我们只能看到历史的背影。

敲门声

笃笃的敲门声,催促我去开门。

我的脚步却迟疑了，因为我不知道谁在敲我的门。

也许是我喜欢的朋友，也许是我讨厌的那个人？

我不知道一旦打开家门，走进来的将是一个什么世界，会把我带进什么样的心境。

他选择了我，叫我如何再作出选择？

我凝视着猫眼，可是什么也看不清。

我只得听任更加急促的敲门声。

我终于忍不住，打开了门。

可是，门外一片空白。

那一天，我一事无成。

可贵的童心

在安徒生的众多童话中，最令人深省的是《皇帝的新衣》。皇帝没有穿衣服，人们却异口同声地说他穿了一件十分豪华、美丽的服装。只有一个孩子说：皇帝什么衣服也没有穿。

孩子看到的，大人们都看到了。孩子说出的话，大人却说不出。不是不会说，而是不敢说。

只有孩子道出了真相，贯彻了唯物主义认识路线。为什么会这样？因为孩子阅历太浅，太不懂事，太不了解社会；还不知轻重、高低，甚至没想到讲话背后的利害关系。一句话，他太幼稚了，太缺乏社会知识了。

有时，知道得多的人，却在讲假话；知道得不多的人，却说出了真理。

有时，我们的背景知识多了，反而离真理远了。

这就是童心的可贵。

皇帝的新衣

大家都很熟悉“皇帝的新衣”的故事，这是安徒生最富哲理的一则童话。

我们都觉得那个皇帝愚蠢可笑。可是，我们想过没有，我们不是皇帝，人们是否有时也会说我们披了件漂亮的“皇帝的外衣”？

我们本来没有的东西，有时人们却异口同声地说我们具有，虽然人人心里都很清楚这不是事实。他们这样说，有的是好心，有的则是恶意。

重要的是，我们要敢于正视自己，说真话，说实话。我们不必为此害羞，因为我们失去的只是那件根本不存在的“外衣”。

梦

许多人都对梦没有好感。“白日做梦”，“说梦话”，等等。其实，梦是对现实的超越，梦境是另外一个世界。梦的情节是现实中没有的事，甚至是不可能的事，这正是梦的意义。梦是想象与回忆碎片的非逻辑组合。只要我们不把梦当作现实，梦就可以使我们的生活更加丰富。一个终生不做梦的人，他的生活是否略嫌单调？他是否因此而感到遗憾？无论现实生活多么美好，人们总是要向往现实以外的东西。

梦呵！你也是人的一种心境。

走钢索

人天天要走路，杂技演员却偏要去走钢索。他明明知道他一生中根本不可能走上这样窄的路，但却天天要练习走钢索。

他要走向哪里？

原来在他眼里，钢索也是一条路，一条特殊的路。登上这条路，他要走向一般人无法达到的地方。

人就是这样一种怪物。他不断给自己定下各种人为的限制，然后再费尽千辛万苦去突破它，以此来展示自己的价值。

跳高与举重

一位跳高运动员，只要他一直在努力跳过新的高度，那他最后的一跳，必然是失败。除非他在跳过一个高度以后，不再向新的高度冲刺。

一位举重运动员，只要他一直在努力举起新的重量，那他最后的一举，必然是失败。除非他在举起一个重量以后，不再试图举起更重的重量。

他们事业的终点是失败吗？不，是不断的拼搏。

目标的偏离

一个人在黑暗中行走或蒙目行走，他不可能走一条直线。

一个人在森林里行走，若无指南针，他就只能在那片森林里打转转，而不可能走出森林。

为什么？因为人的左右双腿迈出的步伐长短不一，总是一只腿迈出的步子比另一只腿大。人不可能准确地控制自己步伐的长度，若不借助周围的景物作参考系或借助指南针辨明方向，就不可能达到目标。

不同外界接触只顾自己埋头苦干的人，犹如蒙目行走的人，目标的偏离是不可避免的。

地位

我们生活在天地之间。每个人都拥有一块地，每个人都拥有一片天。

不同的人拥有不同的地。各人拥有的地，界线分明，大小悬殊，成为个人的私有财产，同每个人的地位和命运直接相关。有时是不同的地位能拥有不同的地，有时是拥有不同的地造成了人的不同地位。

各人所拥有的天却连成一片，它无法分割，无法分清哪一片是谁的，不分大小、高低、贵贱。

人在大地上不可能平等，只有天对他们一视同仁。

地位，地上之位也，只能在地上有效。人只有地位，绝无“天位”之说。

如果人们能在天上生活，那么天是否也会变成地？

接触

当我们用温度计测量病人的体温时，只要温度计一同病人身体接触，病人就会把一部分热量传给温度计。严格讲来，此时温度计所测出的温度已不是病人原来的体温，而是病人同这个温度计接触时的体温。

我们要了解一个人，就必须同他接触。在接触中，我们已相互作用。这时，我们所了解的他，严格说来也不是原来的他，而是此时同我们接触的他。

接触就是相互交流、相互影响、相互改变。

内心的色彩

原始人类喜欢用夸张的方式来装饰自己，头上插着鲜艳的羽毛，脸上和身上涂着各种夺目的颜色和夸张的图案，脖子上挂着各种色彩的饰件，衣服也大红大绿，叮叮当当。同他们相比，现代人（包括爱打扮的女士）要朴素多了。我们有时只有在女模特儿时装表演中才可以看到高强度装饰的痕迹。至于男装的色彩，也早已从鲜艳型转向朴素型。

人的内心色彩越贫乏，就越注意外表色彩的斑斓；人的理性越淡薄，就越追求感官的强烈刺激。

人的真正色彩并不是外加在人体之上的东西，而是心灵之光的自然流露。

泪水

科学家说，正常人平均每年产生半公斤的泪水。

可是，有些人却从未见过他流泪。那他的泪水流到哪儿去了？

流到枕头上去了，流到心里去了，流到别人的眼睛中去了。

也许，变成了汗水。

也许，变成了血。

过马路的哲学

有位科学家谈起一种“过马路的哲学”。他说：“站在西单路口100米处，要制定一个完整的穿过路口的计划，几乎是不可能的，因为随机事件太多。但西单路口是一个可以穿过的路口，这一前提是绝对肯定的。抓住机遇，按既定方针大胆地往前走，有什么样的问题，解决什么问题。”

讲得好！穿过繁华的西单路口，不可能按事先制定的完整、严格、精确的计划进行。

其实，穿过100米长的空旷马路也是如此。你能事先计划好每一步在什么准确的时间落在什么准确的位置吗？既无必要，也不可能。我们只能在模糊中前进。

击鼓传花

击鼓传花是大家都很熟悉的游戏。在鼓声中，每个人都要尽快地把到手的花传出去，因为一旦鼓声停止，花在谁的手中，谁就要受罚。这时，谁都不欢迎那束花，它简直成了定时炸弹。

荣誉像击鼓传花游戏中的花吗？

在人生中，如果我们在战鼓中前进，荣誉之花很可能成为负担，还不如及早地把它放在一旁。如果在鼓声中断，停止前进时，手中还牢牢抓住那束鲜花，那还有什么意思？这种紧握鲜花不放的人就应当受罚。

所以，别人把鲜花交给了你，你就赶快把它传给别人。

沉默

语言是细细的水流，发出潺潺的水声。

有时人也会沉默。

沉默有两种。一种是心太冷，语言结成了冰。另一种是血太热，使语言沸腾，化作气，无影无踪，不留痕迹。

心太冷，是不想说；心太热，是想不到说。

人，过冷和过热，都不需要语言。

高度的冷静，极度的热情，是语言的极限。这就像两座山，语言的小溪就流动在这二者之间。

友谊是创造

磨刀石并不锋利。如果它锋利，它就不是磨刀石。但是，当刀与磨刀石摩擦了一段时间以后，刀就变得锋利了。不能说刀的锋利来自磨刀石，因为磨刀石本身并不锋利。刀的锋利来自磨刀石与刀的摩擦。

人的交往也是如此。你同一个朋友交往，就可能会获得新的智慧，而这智慧也许并不是你那位朋友原来所有的，它只产生于你们的交往之中。

同样，两只冰冷的手相互摩擦，会产生原来所没有的热；两颗冰冷的心相互偎依，就会共同创造出温馨。物体相互作用会产生新的属性。

友谊不是朋友之间原来所有东西的简单相加。友谊是创造。

过节

我们常常为了等待一个节日，而把节日前的一段时光漫不经心地随意打发掉。这样，我们为欢度一两天的节日而付出的代价就太大了。这实在是人生的一大浪费。

不，每个平凡的一天，都有各自的价值与意义，都可以创造出各自的乐趣，都可以咀嚼出几分节日的韵味。

对于生命来说，每天都是节日。

把每天都当作节日来过吧！这样我们就可以有更多的节：大节、小节，各式各样的节。

“我”与“我们”

美国衣阿华州立大学和圣西纳大学的心理学家，对精神病人讲话中用词的情况进行了研究。他们发现病人用“我”字的次数三倍于正常的人。一旦他们病情好转，“我”字的次数就减少，“我们”的次数就增多。

呵！整天把“我”字挂在嘴边而很少说“我们”的人，原来是精神病患者。这不奇怪，因为他们常常把“我们”错说成了“我”。

美的创造者

有一位画家，他的画非常美，人们称他是美的创造者。

可是，他自己却衣冠不洁，画室乱得一塌糊涂，脏得离奇，简直不堪入目。

可是，就在这般不美的画室里，他创造出很美很美的艺术珍品。

画家和画、画室和画，形成强烈的反差。

也许，画家追求的是艺术的美，而不是现实的美；

也许，画家只为别人创造美，却从不为自己创造美；

也许，他把所有的美都集中在他的作品中，全都献给了人类，没有给自己留下一点点的美。

个性

越是简单、低级的事情，越没有个性；越是复杂、高级的事物，个性就越鲜明。那一滴滴水，那一粒粒沙，彼此之间实在找不出多大差异。在一片草地上，每棵草之间的区别也不大。德国哲学家莱布尼茨说：“世界上找不到两片完全相同的树叶。”在花园里，几乎每一朵花都有它的姿态。在猴群中，每个猴子都有自己的性格。至于人，千人千面，每个人都是一个不同的世界。

所以，一个人群不可能也不应当成为一盒大头针，甚至也不应当成为一次性制造的一箱高级手表。我们应当均衡发展，而又个性鲜明。

个性就是不可取代性。个性越鲜明,不可取代性就越高。正因为人与人不能完全取代,所以才需要取长补短,互相配合。

个性,这是复杂系统的生命。

语言的表述

赫尔曼·赫西说:“任何事情,一经大声说出,就多少有点走样了。”

难道悄悄地说就不走样?恐怕走样得更利害。

实际上,任何一件事情,无论是谁,无论在何时何地,只要一用语言表述,就不可能同事情本身一模一样。语言表述中既含有客体的状况又含有主体的感受。

没有答案的问题

在科学家看来,他所提出的问题都是应当有答案的,今天未能找到答案,明天总会找到。所以,科学家都有打破沙锅问到底的精神。

在日常生活中,许多问题是没有答案的。譬如,为什么老师给这篇作文打82分?为什么在这次选举中你比他少一票?为什么他喜欢吃青菜而不喜欢吃豆腐?对这些问题,我们大可不必过于认真,非要问个所以然。

已经有答案的问题是虚假的科学问题,但科学问题又是必定有答案的。许多日常生活中的问题,是没有答案的。在这里,你打破沙锅也未必能问到底。

智力的合作

“三个臭皮匠,抵得上一个诸葛亮。”这句老话讲的是智力的合作,可以产生新的智力。一个诸葛亮的智商,比一个臭皮匠不止高三倍,可是,三个臭皮匠智力合作得很好,就超过了一个诸葛亮。

在体力合作中,不会产生新的体力。三个林黛玉,比不过一个力拔山兮的楚霸王。

但智力合作得不好,也会造成整体小于部分之和的现象。三个诸葛亮可能比不过一个臭皮匠。你想,三个诸葛亮成天尔虞我诈,勾心斗角,互相拆台,一事无成,岂不是还不如一个用心做鞋的臭皮匠?

祝贺

某家小孩过满月,贺客盈门。

第一位客人说:"这小孩长大了,一定会当大官。"主人听了大喜。

第二位客人说:"这小孩,总有一天会死掉。"主人听了大怒。

鲁迅先生就曾在一篇杂文中讲过这样的故事。

第一位客人讲的肯定不是真理,第二位客人讲的倒是不折不扣的大实话。主人听了假话却高兴,听真话却发火,这是怎么回事?

其实,主人这一喜一怒,都很正常。问题在于,讲话既要合理,又要合情;既要注意是否正确,也要讲究效果。

我们的言行,既要遵守真理原则,即符合客观实际,又要遵守价值原则,即符合我们的主观利益。对第一位客人的贺词,我们可以一笑了之,但切不可像第二位客人那样去向别人祝贺。

拐卖时间

如今,电视中的各种广告已泛滥成灾,并且越来越巧,越来越鬼。

节目报中,明明写着某集电视剧在晚上 7 点 59 分播出,已精确到没有一分钟的误差,不由你不信。可是,到了 8 点 12 分,观众已看了将近一刻钟的广告,却还不见电视剧登场。观众翘首以待,望断秋水,总算剧名出现了，可接下来又是一串广告。正剧才放了约 10 分钟，又有广告插播进来，真是叫人防不胜防，躲都躲不及。处处显出电视台的精明、机智和诡谲。

这是什么名堂？这叫拐卖时间。说是请观众看电视剧，却把观众骗来看广告。观众的时间被拐卖了，卖给了做广告的厂家。出其不意，攻其难备。等你发现上当，那被拐卖掉的时间却一去不复返了。

拐卖时间，就是拐卖生命。

千手观音

面对着千手观音，我并不感到它美，只觉得它像一头怪物。那重重叠叠的手，是沉重的负担，令人感到压抑。

我想，如果人有千只手，那又该放在哪里，又该如何生活？幸运的是，我们只有一双手，这已足够。没有人埋怨过人的手少。

人类也不嫌自己的脚少。千足虫，有那么多的足，却爬得缓慢。

可是，曾有人认为人类只有五种感官，太少了。伏尔泰的哲学小说《米克罗美加斯》，可以看作是对这个问题的回答。小说中的土星居民有 72 种感官，天狼星居民有 1000 种感官，可是，他们还抱怨自己的感官少。

千只眼、千只耳同千只手一样，都是累赘。

人生如棋局

两人下棋，谁也不能完全肯定对方会走哪步棋。所以，有时一步好棋，由于双方又走了若干回合，棋局变化了，好像成了一步臭棋。再经过一番鏖战，棋局又有了新的变化，再回过头看，当初那步棋又成了名副其实的妙。

还是那步棋，却显得时好时坏，这全取决于战局的变化。离开了具体的棋局,也就谈不上一着棋的好坏。

人生如棋局。我们的言行,在一个阶段,积极作用为主;到了下一个阶段,可能消极作用为主;到了更新的阶段,积极作用又可能凸现出来。这些,都要看棋局的变化。

何况,人生是许许多多人共同下的一盘硕大无比的棋。

偏偏找你

当人们发生争执,一方谴责另一方时,我们常会遇到谴责者的这样一种逻辑:“那么多的人,为什么我偏偏找的是你?”

比如,某人辱骂某人,被辱骂者不服,提出质问。骂人者就理直气壮地说:“那么多的人,为什么我不骂别人,偏偏骂你?”周围人一听,就觉得,骂人者骂被骂者,自有骂人者的道理。

再如,某人怀疑某人偷东西,被怀疑者不服,提出申辩。怀疑者就振振有词地说:“那么多的人,为什么我不怀疑别人,偏偏怀疑你?”周围人一听,就立马觉得被怀疑者也的确像个小偷。

“为什么偏偏找你?”似乎有了这条理由,什么罪名都是铁定的了。

本来,被谴责者应当问谴责者:“为什么偏偏找我?”却成了谴责者的反问:“为什么偏偏找你?”

本来,“偏偏找你”是需要证明的东西,反而被当作了论据。

旅游团

有位参加过组团旅游的朋友对我说:他真幸运,在旅游团里遇到的全是好人。大家客客气气,有说有笑,还时不时地相互关照。他弄不明白,怎么在自己单位里就碰不到这些好人?

他讲的是实话。

旅游团就是旅游团。参团的人目标一致,具有共同的利益。他们的心情一般都很好，脸上都绽开着微笑。更重要的是，大家都知道，他们的相处只是短暂的几天。所以，还没等到有什么芥蒂，早已各奔东西。

可是，生活不是旅游，所以，各个单位也都不是旅游团。

旅游的乐趣

我喜欢乘长途汽车旅游。每到一站，我都愿意下来走走，踩踩那儿的土地，呼吸一下那儿的气息。这时，我就有一种特别的感受。

我来到这里，但不属于这里。我同这里的人与物没有任何瓜葛。我以旁观者的身份观察一切。还未等我熟悉它们，我又匆匆地上了车。我对这些地方还未产生感情，因而也无所依恋。当我想到下一个陌生的地方在等待着我时，我对离开这里也不感到惋惜。我的心情就像浏览一本杂志，感兴趣的就多看几眼，不感兴趣的就翻过一页。我带走的只是珍贵的回忆。

这便是旅游的乐趣。

但是，在人生的旅途中，我每到一站，都必须参加那儿的生活，寻找自己的位置，做出自己的工作，留下自己的历史。

伤害自己

他常常不知不觉地伤害自己。

比如，他在公共汽车上因为同别人互相碰了一下而发生口角。对方一下了汽车，就把这件事置于脑后，该干什么照旧干什么。可是，他却一直把这件事记在心里，想过来想过去，反复咀嚼，越想越恼，越想越气。一连好几天，他都闷闷不乐，而且脾气烦躁。

在这次摩擦中，对方并未受到伤害，他受到的伤害却很深。这与其说是对方伤害了他，不如说是他自己伤害了自己。

自己伤害自己的伤痕，也最难愈合。

新年的钟声

新年的钟声响了。

甲说："一年又过去了。"

乙说："新的一年来到了。"

两句话讲的是同一个事实，但反映的是两种不同的心境。

甲说："在我的生命历程中，又少了一年。"

乙说："在我的生命历程中，又拥有了一年。"

两句话讲的也是同一个事实，但是两种不同的思维方式：一种是从生命的终点出发，每过一年就失去一年，减法思维；另一种是从生命的起点出发，每过一年就多拥有了一年，加法思维。

新年的钟声响了，你在想什么？

加法原则

雕塑家有两种雕塑方法：一种是在材料上面，不断除去不必要的部分，这可称为"减法原则"；另一种是在材料上面，不断增加需要的部分，这可称为"加法原则"。

观察人也有两种方法：一种是减法原则，预先对人估计偏高，然后是不断发现他的缺点；另一种是加法原则，预先对人估计较低，然后是不断发现他的优点。

两种方法都有一些可取之处，但我更倾向于加法原则。

龟缩

龟长寿。

这原因当然很多，但我想，“龟缩”是一条重要原因。一有风吹草动，龟就把头缩进了龟壳，宁愿不看不听不吃不喝。这样，它可以躲避外界侵扰，小命常常得以保存。

有的人也喜欢龟缩。刮风下雨、天冷天热，都缩在家里。即使周围吵吵闹闹，喊声连片，他也不肯探一下头。路见不平无动于衷，更不用说见义勇为了。

这种人也许长寿，但这种龟缩的长寿又有什么意思？

白居易诗曰：“松柏与龟鹤，其寿皆千年。”要长寿，就要像松柏长寿，傲对风雪；就要像鹤立鸡群，四处翱翔。

智慧的矛与盾

人有智慧，所以人聪明，能透过别人的言语和行为来认识别人的本质。这种智慧像根长矛。

人有智慧，所以人狡猾，能千方百计地用言语和行为来掩饰自己的内心。这种智慧像块盾牌。

这样，许多人总是一面拼命隐藏自己，一面又执意寻找别人。

人的智慧给自己一根长矛，又给自己一块盾牌。有时智慧之矛战胜了智慧之盾，有时智慧之盾战胜了智慧之矛。最后，长矛断了，盾牌破了，但是人们还是没有战胜自己。

爬楼

挑选住房的楼层,各人有各人的想法。

有人选择一、二楼。理由是:楼层高了,等到老了就爬不动了。

有人选择四、五层。理由是:爬楼也是一种锻炼,不是非常老时,楼还能爬得动。

两种想法,都有一些道理。

我选择了四楼。我的想法也很简单:不能因为怕老了爬不动楼,现在就不去爬楼。

人总有爬不动楼的那一天。如果很少爬楼,可能60岁时就爬不动楼了;经常爬楼,也许80岁时还能爬得动楼。不要把爬楼当作未来老时的负担,而要把爬楼当作现在壮时的锻炼。

爱物与爱人

迷恋宠物的人大概有两种情况。

一种是自己心中的爱过剩,把爱的对象从人扩大到物。自己有了更多接受自己爱的载体,使自己丰富的感情各得其所,是一种满足。

另一种是自己缺少爱,从别人那儿得不到爱就寄托于物。于是,他从物的上面得到了慰藉。

前一种是向物奉献爱,后一种是向物索取爱。

但这两种人都未弄清楚的是,爱人与爱物,被人爱与企盼被物爱,毕竟是两回事。

先爱人,再爱物。爱人是做人的天职,爱物则是个人的生活爱好,二者不可错位。

让座

他每天上下班都坐公共汽车，总是自觉地给老人让座，多年如一日。

随着岁月的流逝，他先给比自己岁数大许多的人让座，然后给同自己年龄相近的人让座，再往后就给比自己岁数小一些的人让座。

他的岁数也慢慢大了，可是他显得年轻。他常常把别人的年龄估计偏高，他认为应当为之让座的一些老者，往往比他小。

终于有一天，有人给他让座了。他很惊讶：怎么，难道我也到了别人为我让座的年龄？

孩子的百草园

杨振宁的童年是在清华园中度过的。他在《读书教学四十年》一书中写道："在我的记忆里头，清华园是很漂亮的。我跟我的小学同学们在园里到处游玩，几乎每一棵树我们都曾经爬过，每一棵草我们都曾经研究过。"这就是杨振宁的童年。谁都知道他并不是植物学家。

我们儿时又爬过几棵树，研究过几棵草？鲁迅先生儿时有个百草园，清华园是杨振宁的百草园，我们的百草园又在哪里？

游戏是人的本性。每个孩子都喜爱游戏。没有游戏的孩子，是畸形的孩子。幼小的心灵，需要游戏的欢乐来滋润。孩子在游戏中，同大自然交往，同人类的文化交往，也同人交往；接触世界，认识世界，学会正确地对待世界；既活动了身体，又锻炼了智力，并得到了美的享受。

孩子既需要课堂，也需要百草园。

做好人难

台湾青年女演员王思懿在演过潘金莲以后，接着就准备演另一个坏女人。她说她愿意演坏女人，理由很简单，演好女人，总感到压抑，放不开。

这话倒有些嚼头。坏人无拘无束，为所欲为，所以，演员演坏人也可以无拘无束，为所欲为地表演。好人不断约束自己的行为，所以，演好人就容易有压抑感。

演好人难，是因为做好人难。

哄

哄孩子，这是我们常做的事。我们做孩子时，也常被人哄过。

所谓哄，不过是说几句好听的、赞美的话，有时再配上点小动作——软软地拍几下。这样，被哄的孩子就不哭不闹了。哄就有这种功能。

后来我发现，老年人也要哄，越老越要哄。老小老小，越老越像孩子。

后来我知道了，其实几乎所有的人都爱别人来哄。有人来哄，便是福气。没有人来哄，这委曲就更大了。

善意地哄别人和被别人善意地哄，也是一种人生的乐趣。

制造缺陷

国外有的年轻人，穿着崭新的牛仔裤，却在上面精心地划两个口，仔细地拉出毛边。干什么？我想，无非是想显示自己与众不同，吸引别人的目光。

人是喜欢表现自己的动物。人若长着孔雀的羽毛,大约工作时也是要开屏的。实在没有值得炫耀的东西,就制造缺陷。只要是别人没有的就行,哪怕是缺陷。

用制造缺陷、展示缺陷的方法来显示自己,实在可悲。

爱情的层次

他俩在热恋中。

他既感到幸福,又常感到孤独。只要她不在他身边,他就觉得寂寞,甚至痛苦。

她也感到幸福,却从没有孤独的感觉。因为她觉得无论他在什么地方,他的那份情始终在伴随着她。

他俩有时交流着彼此的感受,这时,他就会埋怨她不像他那样深情。

他俩都爱得很真,很纯,很深。但他们两人的爱情不在同一个层次上。

孤岛上的爱情

如果把一男一女两个年轻人放在一个孤岛上,让他们与世隔绝地生活,他们是否肯定迟早会相爱?

如果是三个年轻人生活在那里,两男一女或两女一男,那是否肯定迟早会出现三角恋爱的风波?

如果是四个年轻人,一男三女或三女一男,那他们是否会达成某种妥协?

如果是四个人,两男两女呢?是否会形成某种稳定的结构?

表面上看这是男女性别和数量的冲突,实质上却是人的本能、感情和理智的冲突。

时装店里

一个时装店里，放置着一个亭亭玉立的女模特儿模型，旁边站着一个五短身材、三围几乎相同的售货员小姐。“她”与她穿着相同式样的时装，效果自然大相径庭。“她”显得更美，她显得离美更远。

不同身材的女士在这里都得到了某种满足。有的女士觉得自己若穿上这套时装，效果肯定同“她”一样；有的女士心里想，自己若穿上这套时装，肯定比她漂亮万分。

这种式样的服装就成了畅销货。

不完整的人

孩子是个不完整的人，因为他缺乏经验，缺乏知识，缺乏信息，缺乏智慧。孩子缺少的太多太多，所以要不断接受教育。

随着岁月流逝，阅历增多，他慢慢地成熟了。他所缺少的都逐渐地具有了。可是，他又往往变得吞吞吐吐，遮遮掩掩，含含糊糊，真真假假，反而失去了很多，甚至成为残缺不全的人。孩子同成人相比，反而具有一颗比较完整的心，是个比较完整的人。

成熟了，反而不完整了。

所以，现实的人总是不完整的。

心的交流

热力学告诉我们，两个物体相互接触，高温物体的热量会自发流向低温物体，而低温物体的热量则不会自发流向高温物体。若两物等温，则热量停止流动。

两颗心的接触则遵守另外的规律。无论两颗心之间是否存在着温差(或称情差),无论这个温差有多大,都应当发生感情的双向交流,感情双向交流的数量同两颗心之间的“情差”成反比。

不做平行线

两条平行线,永远并肩相望,却永远不能相聚。在很远的地方看来,它们已经在拥抱,可是走近一看,它们之间永远有那一段无法超越的距离。近在咫尺,又远在天边。可望而不可即。

我与你,宁愿是一个点上的两条射线,也不要成为两条平行线。那样,虽然我们会分离,但毕竟曾有过一个共同的空间和一段相聚的时光。

苗苗爸爸

小儿子诞生了,我给他起了个名字,叫苗苗。名字宣布当天的晚上,我就听到有人喊“苗苗爸爸”。我猛一听,脑筋没转过弯来,不知喊的是谁。几秒钟后才晓得是喊我自己。于是我意识到,我在给儿子起名字的同时,实际上给自己也起了个名字。

我们在有了孩子的同时,也有了新的身份和新的位置。我们给了儿女生命,儿女也给了我们新的生命。

心中的小世界

在我的心中,有一个小小的世界。那儿也有白昼与黑夜、太阳与月亮、风与雨、高山与小溪、鲜花与青草、小鸟与蝴蝶、石头与贝壳,还有各式各样的线条、形状和色彩。

那世上的一切，也许在它那儿都可以找到。

我有时在漫游外面的大世界；有时在品味心中的小世界。

大世界在我之外，小世界在我之中。我是这两个世界的中介。

人、狼与羊

动物园内有一块介绍狼的标牌，上面写着："狼生性残忍，危及人畜，应予以消灭。"

我想，在狼群里，也会竖起一块介绍人的标牌，上面写着："人生性残忍，危害狼及绝大多数动物和植物，应予以消灭。"

羊看到这两块标牌，会有何感想？

与人共伞

我走在路上，突然下起了雨。

路上没有躲雨的地方。有的行人快速奔跑，有的行人仍以往常的速度走路，大约他们认为反正要淋雨，也就听其自然了。

我很幸运，因为我有把雨伞。我打着伞走着，看到路人一个个都淋成了落汤鸡，我就想主动找人共伞。当我正打算这样做时，却犹豫了。没有人求我，我却主动去找人，别人会怎么想？是否会怀疑我另有所图？想着，想着，许多无伞的行人擦肩而过，我始终没有开口。几分钟后，我就放弃了我的想法。我在等着有谁向我提出共伞的建议，也没有人这样做。

有时候人们并不是不想做好事，只是怕人误会，就没去做。别人也根本没想到他曾有过那么热心。

爱心相互包容

什么东西可以组成这样的结构——甲在乙之中,同时乙又在甲之中?

唯有两颗互爱的心,才会相互包容,才会具有这样的结构。他的心在她的心之中,同时,她的心又在他的心之中。

这是爱情拓扑学的一条原理。

摘果子

我吹着口哨在野外漫步,见一棵大树上长着不少果子,便伸手去摘。高度不够,就掂起双脚;仍够不着,就跳着摘。跳了几次,还碰不到果子,我就对着果树招招手,说:“再见,再见!”我又继续吹着口哨前进。

经过努力以后,我仍然不能获得的东西,那原本就不是属于我的东西。它既然与我无缘,那我就高高兴兴地离开它,让能获得它的人去获得吧!

我吹着口哨前进,去寻找属于我自己的东西。

年龄的羡慕

三年前,一位60岁的教授以羡慕的口吻对我说:“你年轻。”我听了很惊讶,因为我当时已55岁了。这个年龄还年轻?

现在,我已接近60岁了,我也逐渐感到55岁原来也是一个令人羡慕的年龄。

在70岁的人来看,60岁不也是一个十分珍贵的年龄,不也会令他嫉妒吗?

请记住！无论你如何长寿,在比你年长的人来看,你的年龄总是令人羡慕的年龄。

不要为自己的年龄伤感,不要忘了许多人对你的年龄的羡慕。

珍惜每一年吧,珍惜每一天吧,无论你是什么年龄。你所拥有的每一天,都是令人羡慕的。

最初的呼唤

世界上所有的妈妈都认为她是自己孩子第一个呼唤的对象。其实,不是婴儿首先学会喊妈妈,而是所有的婴儿最初张嘴发出“Ma”的音时,都被他们的妈妈理解为是在喊她。

后来,婴儿才懂得,“妈”的音是最容易发的音,他们在发出这最初的音节时,原来是在喊妈妈。

婴儿笑了,因为他在心里老早就在呼唤妈妈了。

心灵的麦克斯韦妖

我们每天都会遇到一些使人开心和使人不悦的事。可是,愉快的心情常常会很快消失,而那不快的心情却总是缠绕在我们的心头。

我想,我们心中若有一个麦克斯韦妖就好了,这个小精灵为我们的心扉把关,只让欢乐进来而把任何烦恼都拒之门外。这样,哪怕是一点点欢乐,都会常驻在心间。

这样的妖精当然是找不到的。

其实,我们自己就可以尽力像麦克斯韦妖那样工作。从这个意义上可以说,我们每一个人都应当是自己心灵的麦克斯韦妖。

心之门

“鸟宿池边树，僧敲月下门。”这是唐代诗人贾岛的名句。据说他曾为“推、敲”二字，推敲了很长的时间。此为诗坛佳话。

从礼节上讲，敲门比推门好。敲门是先发出一个信号，先进行信息的交流，然后再进行人心的交流。

每颗心，都有一扇门。心之门是推不开的，只能先敲门，然后再由主人决定是否开门。即使心扉未关，也不能贸然而入。因为这扇无形的心之门，可以随时随地牢牢关闭。一旦紧闭，那是用大炮也轰不开的。

心之路

在地面上，从一座山到另一座山，无论有多远，我们怎么都可以找到一条路。

可是，在人世间，从一颗心到另一个颗心，有时很近，却往往无路可走。

有时，两颗心之间充满了崇山峻岭，却有鸟语花香的弯弯小路。有时，两颗心之间十分空旷，却有一条万丈深渊。

世上，最长的路和最短的路，都是心的路。

世上，有起点无终点的路，也只能是心的路。

荒岛上的学者

假设在一次航海事故中，一位经济学家与一位哲学家，漂流到一个小小的荒岛上。

假设这个荒岛只是一片不毛之地，没有任何可以填腹的东西。饥饿在残酷地折磨着这两个可怜的生命。

再假设，后来这两个人当中，一个人不得不吃掉了另一个人。

请问：是谁吃掉了他的伙伴？

请哲学家与经济学家原谅，这只是一连串的假设，并不要他们来回答这个虚构的问题。

我以为，是经济学家吃掉了哲学家。

窥视对方

这是一种游戏，两个人参加。他俩的背后都贴着一张白纸，上面各写着一个字。他们两人面对面地站着，各自设法看到对方背上的字，而不让对方看到自己背上的字。

为此，他们就不断挪动位置，改变方向，做出各种引人发笑的动作，很快就满头大汗。他们都未能窥视到对方的背，而两人背上的字，都在观众的面前暴露得一清二楚。

有时，人生也像这种游戏。人们既想窥视别人的隐私，又想隐蔽自己的内心。大家都很累，甚至很尴尬、狼狈。

这一切，旁观者都洞若观火。

野外与瓷器店

我们带孩子到野外去玩，总担心孩子同石头磕磕碰碰，因为小宝宝同大自然相比，实在是太娇嫩了，总怕大自然会伤着孩子。

我们带孩子走进了瓷器店，总担心孩子同满屋的瓷器磕磕碰碰，因为这些瓷器同小宝宝相比，实在是太容易破碎了，总怕孩子会碰坏瓷器。

这是我们对孩子的两种不同担忧。

孩子却不知道,他走进的是两个不同的世界,因而扮演的是两种不同的角色。

多变气候与人

德国地理学家拉采尔说:“气候变化愈多,愈有利于卓越民族的形成。”

社会的变化与气候的变化同样错综复杂、瞬息万变,都由各种因素构成。许多因素的作用与变化都不可预测、不可控制,有时一个因素的突变会引起全局的变化。对变化多端的气候的适应,有助于人们适应千变万化的社会。一个卓越的民族,是比较能驾驭社会的民族。

同样,一个人所处的环境变化越多,越有利于良好个性的形成。始终在四季如春的环境里生活,也许很舒适、惬意,但却经不起风雨,耐不住炎凉,最后只能成为弱不禁风的人。

多变的气候,造就了坚韧的人。

多变的气候,人类的良友。

“人食”

对于地球来说,月亮遮住了太阳的光,便是日食。太阳很大,月亮很小,太阳的面积是月亮的一万多倍。但由于月亮离地球很近,太阳离我们很远,所以,小小的月亮也会完全遮住庞大无比的太阳,这就是日全食。这时,大地便会黑下来,人们也觉得寒气袭人。

在人生的运转中,有时也会发生“人食”,即小人遮住了君子的光芒。

当然,“人食”同“日食”一样,都很短暂。不同的是,“日食”可以精确预言,“人食”却不知道什么时候发生,持续多长时间。

岔路口

在旅游的途中,难免会走到岔路口。游客都不认识路,都面临着猜测和选择。

有人走到岔路口就兴奋。他在思索,试图选择一条正确的或最近的道路。他把这种选择看作是一次游戏,一次考验,一次显示自己能力的机会。

有人走到岔路口就困惑。他无法选择,怕选错了会产生不堪设想的后果。他左右为难,十分痛苦。他喜欢走没有岔口的路。

有人走到岔路口就坐下来休息。他要看看后来的人走哪条路。他跟着多数人走,所以,他倒也心安理得。

在人生的岔路口,你是哪种人?

我想做大象

假如我是动物世界里的一员,那么我想做哪一种动物呢?

做一只羊?给狼吃?我不甘心。

那么,做一头狼?吃无辜的羊,血淋淋的?我不忍心。

我做哪一种动物呢?做一头大象。狼吃不了它,它又不会去吃羊。

可是,在芸芸众生中,要使自己成为象,又谈何容易?

哈哈镜

哈哈镜的本领是把人的形象扭曲成一种十分可笑的样子,歪曲成近乎魔鬼的畸形人。

有些人的语言也具有哈哈镜的功能。无论是什么人,特别是正派人、能人，经他一描绘，立刻就变成了不堪入目的丑人、小人。

哈哈镜先是自己变形，然后才使照在它上面的映像变形。

有些人的心也是一面哈哈镜，所以，他讲话的目的常常是使人、事和物变形。

男人与女人

男人是山，女人是水。

男人是方，女人是圆。

男人是树，女人是根。

男人是针，女人是线。

男人是叶，女人是花。

男人是日，女人是月。

男人是书，女人是画。

男人是鼓，女人是琴。

人生的作品

婴儿的作品是音乐。

幼儿的作品是童话。

少年的作品是作业。

青年的作品是诗歌。

中年人的作品是纪实文学。

老年人的作品是回忆录。

人生的作品是一部没头没尾的百科全书。

第一声哭

人诞生时,最初发出的声音是哭,而不是笑。

无论伟人还是小人,一落地就哭,概莫能外。

按理说,生命来到人间,应当欢乐,应当庆祝,应当笑。婴儿首先向母亲笑,再向所有他看到的人笑,向整个世界笑,用笑声为自己的生命剪彩。

可是,婴儿却用哭宣告他的诞生。

难道婴儿已意识到自己的孱弱,用哭声来乞求人们的怜悯和爱抚?

难道婴儿已预感到人生的艰辛,用哭声来表达对自己命运的担忧?

我们要不断磨炼自己,不要忘了出生时的啼哭。

运动与位置

在电视屏幕上观看足球赛,有时会觉得一个队的球员比另一个队的多。为什么一个队的球员在电视画面上出现的几率要比另一个队高?这是因为他们跑动积极,经常变换位置。

当一个物体处于静止状态时,它在某瞬间在某个位置时,就不可能同时又在另一个位置。而当物体作位置移动时,它在某一个时刻既在这里,又不在这里;既在此处,又在别处。物体在静止中只能具有一个位置,而在运动中却可以具有许多位置。

因此,一个球队的球员越是奔跑积极,它的人数就越是显得多。

因此,静止的世界是单色的,而运动变化的世界是多彩的。

烧牛奶

经常烧牛奶的人都会有这样的感受:你站在奶锅旁边等了一段时间,牛奶都未烧滚。可是你刚一转身,沸腾的牛奶就把锅盖顶开了。你常为此而沮丧吧?

在奶锅旁等的时间越长,这种“事故”发生的几率就越高,“事故”后的懊恼也就越强烈。

该转身时就要及时转身。不要一直犹疑,直到最后在最不该转身的时候转身。

小咖啡馆

小巷子里有一家小咖啡馆,始终关着门,窗帘拉得严严实实,不露一点光线。看不到人进,也看不到人出,听不到一点声音,门前停着二三辆摩托。门上挂着一个小木牌:“正在营业。”在路人眼中,这家小咖啡馆无疑是个“黑洞”,深不可测。

有的人颇像这个小咖啡馆。他脸上没有任何表情,既不对人说话,也不听别人说话。只有一双眼睛似乎在告诉人:“正在思考。”他究竟在思考什么,谁也不知。他也好像是个“黑洞”,深不可知。

可是,英国物理学家霍金告诉我们,黑洞也会“蒸发”,成为“灰洞”。

日出

我们每天都可以看到阳光,却很少能看到日出。人们多么企望能看到日出。有幸看到日出的人,永远不会忘记那美丽的太阳冉冉升起的雄伟壮观。

我们身边每时每刻都可能有“太阳”升起。朋友,你去观察婴儿的生长,注意他的表情、动作和声音,你一定会获得同观赏日出一样的感受。

每个生命的生长,每个新事物的出现,都是一次庄严、神圣的“日出”。

太阳每天都是新的,因为在每天阳光的照耀下都会有大量新生命、新事物诞生。

“娘”

她是我国北方的一位大嫂,寡妇,公婆也已去世。家贫如洗,却留下五个弟妹,从矮到高,排成一条线。

这个家全靠她一人支撑。慢慢地,弟妹们都已长大,有的还上了大学。可是,她却劳累过度,未老先衰,积劳成疾,不到四十岁,就一病不起。

在她弥留之际,五个弟妹齐刷刷地跪倒在她的身旁,撕心裂肺地哭着喊:“娘!”

弟妹们不喊她嫂,喊她娘。这个“娘”字,包含多少感激、热爱、尊重和敬仰!

娘,这是人们对女性的最最崇高的称呼。

教育的生态性

一谈起“育”字,首先想到的是,它同生命的生长以及生物型农业生产的关系,如生育、发育、哺育、育婴、育雏、育种、育苗、育林、培育等。

“育”字还有一个基本含义,指教育,如育人、育才、德育、智育、美育、体育等。

这两种含义,有内在的联系。人才的成长,是生育的过程。我们既要为它创造条件，又要顺其自然。人才不是工业制造品，我们可以随意地打破材料的原有结构，改变其属性。

教育具有生态性。人才是“长”出来的，而不是“制造”出来的，甚至也不是用“特殊材料”制造出来的。

人不是螺丝钉

几十年前，当时的苏联有一种流行说法：“我们要做颗螺丝钉。”后来这种说法在我们国家也十分普遍，从普通士兵到国家领导人，都这样说过。

这句口号有它的道理：我们应当像颗螺丝钉那样，国家把我们放在哪儿，我们就在那儿坚守岗位。

但这样的表述并不科学。螺丝钉只是人造的一种工具。为什么人经过修养锻炼以后，所要努力达到的境界，竟是个没有生命、没有创造性、自己不会寻找位置、完全听命于螺丝起子的螺丝钉？这种说法同今日的高科技、市场经济、知识经济已极不相称。

创造是人的生命。人创造，故人在。人连智能机器人都不是，怎么会是颗螺丝钉？

路

不会把脚印，当作自己的负担。

不会把里程碑，当作自己的终点。

不会把红灯，当作对自己的警告。

不会把路标，当作对自己的指令。

自然创造了大地，人便创造了路。

大地是布，路是缝衣的线。通过路，人使大地具有了结构。

大地是体，路是魂。有了路，大地就像河水一样流动起来。路是大地的生命。

路是过程。路的终点是它自身。

两种路

世上有两种路:用脚踩成的路和用手造成的路。

用脚踩成的路,先是人在走,然后成了路;先有足迹,然后才有路。这种路,正如鲁迅先生所说:“世上本无路,走的人多了,便成了路。”

用手造成的路,先是人造好了路,然后再在上面走;先有路,然后才有密集的足迹。对这种路,我们说:“世上本无路,我们就造路。”

这是路的两种形态,也是路发展的两个阶段。前者是对地形的适应,后者是对地形的创造。

人生之路也有这两种:随大流走成的路和自己设计、开辟、制造的路。创造者喜欢走自己开拓的路。

我们做的许多工作,实际上都有这两种模式:自然形成式和人工制造式。

顶峰法则

我们向山顶行走,就是攀登。到了顶峰,如果还要继续行走,那就只能下山,没有别的选择。这可以称为“顶峰法则”。

这条法则有一定的普遍性。

旗子升到顶,等着的是降落。一直向上砌烟囱,砌到一定高度,烟囱就会倒塌。气球升到一定高度,就会爆炸。果树向上长,熟透了的果子就往下落。跳高运动员跳到了他所能跳到的最高度,接下来就是失败。

德国有句谚语说:“大自然很关心树,不让它长到了天。”这“天”,就是树的顶峰。看来,大自然也不愿意自然物的变化达到顶峰,如果那样,进化到了头,就只能是退化了。

幸运的是,在人生的攀登中,我们永远达不到顶峰。

萨盖定律

有人戏称社会学中有条“萨盖定律”:一个人戴一块表可以知道准确的时间,若戴两块表,他反而不能确定时间了。

如果这个人走进钟表店,岂不是更加糊涂了?

本来,钟表多了,更有助于准确地确定时间,可是他却无所适从。他是一个只能接受信息,而不能分析信息的人。

可是,对他来说,现代社会就是一个很大很大的钟表店。那儿挂满了各式各样的钟,时针、分针的位置都不相同。

自发的下落

亚里士多德说:土的自然位置在最下面,所以,土按其本性会自发向下运动;要使土向上运动,必须有外力强迫它进行,故称“受迫运动”。

今天我们知道,地球是个引力场,所以,物体的下落可以顺其自然,物体要向上,就难了。

“下贱”、“下流”、“下作”这是人们常用的词。为什么我们在描述丑恶行为时,常用“下”字?难道人的灵魂深处有土的成分?难道社会是个大引力场?

我们可以不费力气、舒舒服服地下落,甚至堕落到丑恶的下场。若要从善,必须战胜自我;若要上进,必须付出艰苦的劳动。

舒适的陷阱

一座美丽的花园，若不经常修整，很快就会杂草丛生，一片荒芜。

清洁的桌面，过不了几天，就会一片灰尘。

雪白的纸不知不觉变黄变硬，锃亮的金属都在悄悄地失去光泽。

生命的历程只会自动缩短，时光总在不断流逝。

一句话，那些无需你等待也会主动送上门的，往往是你不需要的东西，是你想回避的东西。

无所作为，便是奔向困境。

等待，是最舒适的陷阱。

挤车的难题

在挤公共汽车时，有两种人肯定上不了车：一种人是弱者，没有力气，心有余而力不足；另一种人是善者，不是没有力气，而是用崇高的道德约束自己，不让自己去挤，力有余而心束之。

在这种情况下，善者有力气而不能使，就等于没有力气，所以，善者往往被人看作是弱者的代名词。

对于拼命挤车的人来说，他希望弱者越弱越好，越多越好；善者也是愈善愈好，而且多多益善。

在生活中，我们经常可以遇到这样的难题，好比挤公共汽车，大家都在挤，那你挤不挤？

托起重量

一群人共同用双手托起一块巨石。

如果其中有人做假，虽然也伸出双手同石块接触但却不用力气，别人是觉察不出来的。他可以用这种虚假的动作，让别人默默地承受本应由他承受的那份重量。

可是，如果这样做的人多了，石块就会在某一时刻“轰”的一声砸在地下，造成严重的后果。

社会就像这块巨石，它要靠大家来支撑。如果有人偷偷失职，不仅不易发觉，也不会马上产生明显后果。如果这种人多了，社会迟早会崩溃。到那时受损害的是大家，也包括那些滥竽充数、坑害大家的人。

人们常说“托起太阳”，其实太阳并不需要托起，我们应当做的，是主动托起应当由我们托起的那一份重量。

在人生的列车里

在公共汽车里，衣服肮脏的人可以肆无忌惮地挤来挤去，衣服整洁的人只得让他三分。因为干净的人懂得，他同肮脏的人相碰，弄脏的只能是自己。

在人生的列车里，心灵整洁的人如果同心灵肮脏的人发生纠葛，吃亏的总是前者。因为前者很难把美传给后者，而后者必不可免地要把丑强加给前者。

肮脏可以传染，污染可以自发扩张，清洁则不能。这是世界发展的一条不可逆定律。

所以，美要战胜丑，总要作出一定的牺牲。

恶是瘟疫

一颗老鼠粪坏了一锅粥，一锅粥却“改造”不了一颗老鼠粪。

一个烂梨子会烂掉一筐梨，一筐好梨却不可能使这个烂梨子变好。

一道裂缝会毁掉一座桥,一座桥却弥合不了这道裂缝。

脏的人碰脏了干净的人,干净的人却未因此使脏的人变干净。

黑烟从烟囱里喷出来,再叫它进去就难了。

莫非恶具有自我扩散、自发扩张的本能?

善是一个人的健康,恶则是社会的瘟疫。健康不能转移,瘟疫则可以传染。

善呵!你太累,太难了。

善良人的心

善良的人有两颗心:一颗是给别人伤害过的,伤痕累累;另一颗是同情别人的,温暖如春。

上帝看他实在太可怜了,本想给他第三颗心——报复之心,可是,上帝知道善良的人断然不会接受这颗心的。上帝也不忍心欺骗他,给他偷偷安装这颗心,所以只得作罢。

所以,善良的人一直到今天,总在不断吃别人的亏,又总在不断同情别人。他偏偏又不肯关闭这两颗心当中的任何一扇心扉。

道德的小栅栏

在花坛旁边,有一排木头做的小栅栏,它很矮,不到一尺高,游人一迈脚就可以跨过。它不可能阻挡谁,只是对人们的一种提示。对于绝大多数人来说,只要有这个提示就够了。对于少数不自觉的人来说,即使栅栏有一人多高,他仍可从容地爬过去。这矮矮的小栅栏只能对接受它提示的人有用;对于不能接受它提示的人,它是不存在的。

道德就是人生花坛的矮矮的小栅栏。

自觉的道德,只是自己对自己的提示。

心中的岗哨

许多人都谈论过良心，但讲得最透彻的是英国作家毛姆。他说：“良心是我们每人心头的岗哨，它在那里值勤站岗，监视着我们别做出违法的事情来。它是安插在自我心中堡垒中的暗探。”

良心的唯一职责是自我监视。它就像一双无私而锐利的眼睛，一直在警视着自己的心灵。它对别人没有任何约束。

但它不是暗探，它完全服从人的意愿：你承认它，它就存在；你不承认它，它就不存在。

良心只是自己主动为自己设立的岗哨。

寻找自己

古希腊哲人赫拉克利特说过：“我寻找过我自己。”

其实，我们都找过我们自己。

当我们说的不是自己的话，做的不是自己想做的事；当我们像木偶一样，既没有自己的思想，也没有自己的动作时，我们就不再是我们自己。这时，我们就应当扪心自问：自己究竟在哪里？

自己就是自己。每个自己，都独一无二。任何人都不能完全取代自己。自己的迷失，就是自己不像自己。

到那时，就应该寻找自己。

自己迷失了，只有自己才能找自己，也只有自己才能找到自己。

我是一棵树

我不愿把自己看作一颗珍珠，时时有被埋没的担忧和痛苦。

我也不愿意把自己当作一把泥土，让别人把我踩成一小块路。

我是森林中的一棵青青的树。

我享受着大自然给我的阳光和雨露。

我在不断地生长，这是我的事业。我永远同伙伴在一起，组成一个绿色的家族。

我就是我

太阳是我的火，月亮是我的水，大地是我的土，高山是我的根。

我是生命的精灵。

我普通，但也来之不易；我平凡，但有自己的意义；我短暂，但也参与了永恒。

我就是我。世界不是我的世界，我则是世界上的“我”。

没有我，世界依旧；有了我，世界便多了一个小小的亮点。

快乐杠杆

通过一个力臂很长的杠杆，我们用手指轻轻一按，便可以托起地球。当年阿基米德提出这种想法时，实际上是在鼓励人们去创造，去寻找一根“创造杠杆”。后来，恩格斯说科学技术便是推动社会进步的杠杆。

我们也应当在自己的心里制造一座“快乐杠杆”，它的一端是可能使我们高兴的事，它到支点的距离是“快乐臂”，它的另一端是我们的心情。快乐杠杆的特点，是快乐臂比较长。所以，只要有一点点令人高兴的事，立刻就把我们的心情提得很高很高。

如果快乐臂很短，那就变成痛苦杠杆了。那样，即使遇到很多很多可以使我们开心的事，我们情绪仍然被压得很低。

当然，人的心境如同气候，常会变化，支点也会向背离快乐的方向偏离，所以，我们要不断注意调整支点的位置，使快乐尽量的长。

这样的快乐杠杆是我们强化快乐、创造快乐的一种工具。

哲理小语·双叶草

情篇

1
情
人生的永恒波澜
2
拆开你的来信
里面是缕淡淡的月光
3
孩子的口袋装满了阳光
带回去送给妈妈
4
每一片绿叶
都是树写的一首诗
5
你的心是把精致的锁
那小小的钥匙在哪里
6
人的影子在地上
心的影子在哪里
7
太阳落泪时
云彩便遮住了它的脸
8
门轻轻地打开
两个世界便开始拥吻

9

当冬天即将离去时

冰雪都流了泪

10

溶溶的月光化为露珠

等待着与晨曦相会

11

细细的雨声

是天对地倾诉的思念

12

我心里有条小溪

一直流到你的心底

13

海浪从大洋远处走来

轻轻地拍着大地的肩膀

14

太阳下山了

孩子们也想起了妈妈

15

月亮总是面对着我们

她的另一面是金色的秀发

16

姗姗来迟的

常载着重重的缘分

17

甜甜的梦

枕上留着它的芳香

18

暴雨走了

彩虹留在我心中

19

你不知道你在哪里

我却在我心中找到了你

20

我是黎明

但已接受了黄昏的邀请

21

爱的空间大

爱情的空间小

22

我的眼看不到你的眼

我的梦却梦见了你的梦

23

落日敲开了我的门

我留它在哪儿过夜

24

窗帘轻轻地拉开了

小窗却心事重重

25

天上的一朵云

是你那猜不透的一颗心

26

月亮藏起来了

星星说我们去找它

27

我同秋天早有约会

它踩着落叶来了

28

鲜花对蜜蜂说

我为你而美丽

29

我是一扇门
你想进来还是想出去

30

小女儿说　我多像妈妈
妈妈说　我更像你

31

我采一片绿叶贴在耳边
便听到树的心脏的跳动

32

我独自面对小镜
窥探自己的心灵

33

你看到的每颗星
都是我凝视你的眼睛

34

果树把它的爱
藏在果实的心里

35

你是一面旗帜
我是那高高的旗杆

36

那点点的繁星
可是我留下的足迹

37

我的心跳声
月亮听到了

38

梦中我与一颗星星相识
星空中我辨认不出它是谁

39

身外阴雨绵绵

心内阳光一片

40

智慧的大门敞开着

情感的小窗却牢牢紧闭

41

老牛在牛棚里吃草

细细咀嚼着岁月

42

风儿　你的心愿是什么

吻遍世上的一切

43

思念是一颗心

在寻找另一颗心

44

太阳看到一长串尿布

像妈妈一样地笑了

45

婴儿笑了

溅了我一脸的阳光

46

一盏灯使我们的影子分离了

两盏灯使我们的影子融合了

47

我的梦还在沉睡

我却醒了

48

我把脸转过去

星星都离开了我

49

我仰面躺在大地上

让蓝天仔细地端详

50

蜜蜂飞来了

但我手中没有蜜

51

我的爱要多深

才能在你心里扎根

52

花是裸露的

叶子是它舍弃的衣裳

53

心中有爱便是美

发现了美便是爱

54

你是我的问题

我是你的答案

55

在温柔的月光下

满地都是银色的梦

56

落叶被风带走了

它对吻过的土地说　我爱过你

57

我是一片云

不知能化作多少雨

58

风吹了　铃响了

是风在唱还是铃在歌

59
每一片落叶
都是深秋给我的请柬
60
荷叶敞开心扉
等待星星的到来
61
点上一支香
我的心便宁静了
62
东方的天空泛白了
我才吹熄了心头的灯
63
我听到太阳在呼唤
你的心暖和吗
64
小鸟在窗外吱吱地叫
婴儿笑了　他听懂了
65
故乡的云姗姗地来
又匆匆离去
66
露水是黑夜留下的泪
阳光把它轻轻擦掉
67
两颗平凡的心
生出不平凡的情
68
我望着满天的浓云沉思
哪滴雨会落进我的心里

69

夜深了

我也回到了心的深处

70

心与心最短的距离是爱

最长的距离是猜疑

71

果实是成熟了的爱

果实有还不完的情

72

我的心像一片柔云

任凭风的抚摸

73

我久久地注视着落日

想把更多的阳光藏在心里

74

我的心是个小小的太阳

天天都在制造阳光

75

星星都瞪着眼睛

听月亮讲述人间的秘密

76

枯老的树根

牵挂着枝头上的花蕾

77

小女孩抱起了布娃娃

她俩都有了新的生命

78

残缺的梦

是情感的碎片

79

星星想成为一堆沙粒

这样便可以拥抱在一起

80

带着一颗心来

盛满阳光而去

81

制造快乐

就是制造阳光

82

沙漠的眼泪

都流进了大海

83

在梦中遗失的

只能在梦中寻找

84

下雨了

我才读懂云儿的心事

85

敞开心扉

阳光就会照亮周围

86

没有永恒的相聚

只有无边的分离

87

欢乐消失后

留恋欢乐便是痛苦

88

我是一棵树

我在寻找风

89

沙漠里长出一棵树
它的名字叫孤独

90

不要问我的心有多大
要看我的情有多深

91

人心是太阳
太阳便是它的月亮

92

爱情的锁
只能用两把钥匙打开

93

如果爱情需要解释
那它就开始枯萎了

94

有人爱他所爱的人
有人爱爱他的人

95

哪颗星星是你的眼
哪支红烛是我的心

96

万物都有意
万物都生情

理篇

1

哲学包容整个世界

世界处处充满哲理

2

哲学的智慧是太阳

我是棵小小的向日葵

3

哲学之花

开在知识的树上

4

无论什么道理

讲到最后便是哲理

5

科学在地下深挖

哲学在天上飞翔

6

哲学是理性的诗

诗是抒情的哲学

7

科学的功能是发现

哲学的职责是解释

8

科学探寻结果的原因

哲学阐述结果的意义

9

科学看到的是事实

哲学看到的是意义

10

哲学家用短暂的生命

去追求永恒

11

哲学家的思想

是靠别人来实现

12

哲学家的思想像子弹

却找不到发射它的那杆枪

13

哲学可以解释一切

但不能证明任何命题

14

鱼类学家研究鱼

哲学家研究关于鱼的知识

15

一部哲学著作被拆散

就重新组合成一本诗集

16

唯物论是体

辩证法是魂

17

物质不灭

精神却一直在创造

18

地球有两极

宇宙则无极

19
自然是个谜
既是谜面又是谜底
20
天与地本是一片
有了人　它们便分开了
21
自然是本画册
人要给它添上说明
22
大自然演化出喜马拉雅山
却制造不出一枚大头针
23
大自然演化了人
是为了让人再创造它
24
有了人以后
自然界便属于了人
25
人是目的
自然是手段
26
大自然使人感到渺小
人的创造使人感到伟大
27
人是自然的精品
自然又成了人的杰作
28
人类对自然界做了什么
也就是对自己做了什么

29

人类既顺其自然

又逆其自然

30

人逐步理解了自然的法则

自然却很难理解人的法则

31

唯有人

使物质与精神融为一体

32

自然　社会　思维

相聚在人之中

33

我创造

故我在

34

思想与肉体

人的波粒二象性

35

有了人以后

存在就需要解释了

36

有了人

世界就得重新创造

37

有千万个人

就有千万种文化

38

人不能永存

便把自己当作永恒的主题

39
人不断从自我走向非我
又不断从非我走向自我
40
人在自身中生存
又在他物中存在
41
在人生的舞台上
人是观众演员和编导
42
人是自然的设计物
又是历史的设计者
43
过去人们说人是机器
将来有人会说机器是人
44
世界是个圆
人的智慧是半径
45
人生是自己写成的书
很多人写了却不去读
46
有了人　就有了工具
掌握了工具　才是完整的人
47
体力是被封闭的能力
智力是开放的能力
48
历史是本读不完的书
等不到结尾翻不到头

49

我们不能享受历史

只能对它沉思

50

历史只关心人们做了什么

并不介意由谁去做

51

历史不承认假设

只承认如此

52

现实是一种混合物

过去的遗迹和未来的预兆

53

回忆是自己的历史

历史是人类的回忆

54

历史是在已失去的东西中

有幸保存下来的那一部分

55

人会在历史中做梦

历史却始终清醒

56

火热的生活

冷却了便成为历史

57

知识有限

但无边

58

已知与未知的碰撞

产生了问题的火花

59
没有愚蠢的问题
只有愚蠢的答案
60
不同人提出的共同问题
常常是不同的问题
61
每个问题的周围
都布满了省略号
62
每一个问题
都可以把我们引向无限
63
有些问题
只能等待历史去回答
64
离开了问题
便是绝对的空虚
65
本质藏在现象的心里
现象往往自称为本质
66
现象是本质的形式
本质是现象的内容
67
规律是平均数
理论呢
68
理论是幅装饰画
又变形又夸张

69

初学者期待正常

探索者喜欢反常

70

只靠书本来认识世界

认识的只是书本

71

全面的肤浅

不如一方面的深刻

72

真理就像氧气

无形无声无色无味

73

真理是人类的朋友

没有性别民族和国籍

74

理论是简单的

真理是复杂的

75

每一件普通的事物

都拥有无数条真理

76

平凡的真理

可以解释得很不平凡

77

真理不怕重复

但怕简单的重复

78

真理在哪里

隐藏在错误中

79

如果真理也要包装

错误就会伪装成真理

80

谬论比真理诱人

这是条常被人遗忘的真理

81

两条真理凑在一起

可能产生一条错误

82

真理　主体符合客体

价值　客体符合主体

83

真理是潜在的力量

权力是现实的力量

84

真理给我们信心

但不会为我们辩解

85

行为需要语言解释

语言需要行为验证

86

实践比理论复杂

人比实践更复杂

87

知识不属于拥有它的人

只属于应用它的人

88

很多事我们理解了

却说不清楚

89

越是熟悉的事物

就越难下定义

90

复杂的语言

说明不了简单的事情

91

世界是模糊的

科学为它画出了轮廓

92

只有空虚

才把形式当作内容

93

逻辑像蛇

想象是鸟

94

科学家的著作

是大自然寄给他的信

95

模糊是茫茫的夜路

精确是一闪而过的路灯

96

解释得越多

越容易产生歧义

97

无是黑暗

有是光明

98

没有教育

人类便失去了记忆

99

懂得了动物的语言
就发现了新的天地

100

有些事情早就该发生
却迟迟还没出现

101

东方文化与西方文化
一个人的两个半脑

102

一种因素膨胀了
别的因素就来限制它

103

生命不是目的
它是过程

104

我们用相同的规律
创造了不同的东西

105

世上为什么会有我
这是一个永恒的谜

106

越是复杂
就越有个性

107

存在是合理的
不合理的也会存在

108

思想也在改造世界
只是在观念之中

109

世上本无所谓理

有人评了便有了理

110

艺术只可感受

但不可解读

111

行路易

画地图难

112

历史并未消失

而是铸造在现实之中

113

确定与不确定

世界的双旋律

114

甲变成了乙　时间

甲与乙并存　空间

115

空间是躯体

时间是生命

116

时间需要空间的扩展

空间需要时间的积累

117

有空间便有道路

有时间便有机遇

118

哲学家问什么是永恒

万物异口同声　我

119

有限是对无限的限制

无限是对有限的超越

120

无限　你在哪里

有限　我只在你心中

121

必然性是导演

偶然性是演员

122

必然性　熟悉的面孔

偶然性　陌生的表情

123

必然性是一

偶然性是多

124

必然性　古板的老人

偶然性　调皮的孩子

125

机遇是时空的交叉

是必然与偶然的汇合

126

必然与自然是两个王国

大家都是这两国的公民

127

结果不是原因的再现

而是原因的创造

128

原因先于结果

结果大于原因

129

原因是对结果的限制

结果是对原因的超越

130

结果总跟在原因后面

却从不踏着它的足迹

131

原因和结果

常在一起捉迷藏

132

简单的原因

引出了复杂的结果

133

最后的原因

是没有结果的因

134

德是自愿遵守的法

法是强制执行的德

135

生活不能哲学化

哲学也不应生活化

136

真正的神秘

是产生平凡的原因

137

思维的最大奇迹

是能思考它自己

138

在想象的空间里

没有时间

139

知识是水　思想是鱼
方法是网　我是渔夫

意篇

1

山顶上的小草
站得比山还高

2

烟拼命地膨胀自己
最后无影无踪

3

大地是衣
路是缝衣的线

4

我从孩子的眼中看到过去
孩子从我的眼中看到未来

5

鞋磨损了自己
留下了脚印

6

刀鞘掩盖着刀的锋利
却暴露了刀的身份

7

兔子获得了伦理学博士学位
这在狼眼里又算个什么

8

爆竹为了一鸣惊人
不惜粉身碎骨

9

生活在乞丐头上的虱子

把它的世界看作是宇宙的中心

10

太阳从不吝啬自己的光

人有时却在躲避它

11

往日的故事

也许是对未来的预言

12

雨是矛伞是盾

风是挥舞它们的人

13

面对着太阳

就看不到自己的影子

14

尺以自己为标准

评论着别人的长短

15

没有距离

就不需要吸引力

16

所有的成功

都是恰当的选择

17

再长的线

也拴不住风筝的心

18

当流水结成冰时

它就沉默了

19

大海是树

条条江河是它的根

20

肥皂泡披着轻纱说

我潇洒地走了一回

21

记忆是仓库

想象是车间

22

沿着一线光明前进

便是一片灿烂的阳光

23

迟钝的磨刀石

给刀以锋利

24

狂风吹不走

无重的阳光

25

站在顶峰上

向下便是唯一的方向

26

在岁月的长河中

唯有此刻是现实

27

每个人最好的一面

往往需要别人来发掘

28

面对面地后退一步

共同的空间就大了

29

如果你没有找到失败

那你就成功了

30

影子指责它的主人

为什么要剥夺他的阳光

31

往事如摇曳的落叶

被遗忘的流水卷走

32

对于误会

时间是最好的解释

33

没有刚刚过去的严冬

春天怎会这样动人

34

有了太阳

我们才发现了黑暗

35

一根扎在脚上的小刺

会使巨人烦躁不安

36

少数人在欺骗别人

多数人在欺骗自己

37

阴影来自光明

但又害怕光明

38

我常常反思

但从不忏悔

39

我因为这样清贫

所以才如此富有

40

小树往上长

熟透的果子往下掉

41

月亮周围有许多星星

太阳为何却那么孤独

42

小蚂蚁爬出了洞

宇宙呀你在哪里

43

岁月是看不见的火

把一切都烧得干干净净

44

万物都受惠于太阳

唯有向日葵是它的追星族

45

有固定的目标

就不会走得太远

46

脚印越深步伐越慢

没有脚印的奔跑是飞

47

他把自己的影子

当作了垫脚石

48

肥皂泡在自言自语

该用什么来充实自己

49
我向前面的高山走去
鞋里的沙粒却在作祟
50
雄牛冲击红斗篷
却放过了斗牛士
51
没有人能偷走我的时间
那是我自己丢失了
52
目标就像地平线
它总在我们前面
53
爬行的小虫
永远不会摔跤
54
只有走在路上
我们才会迷路
55
一片花瓣在海上漂流
它问大海在哪里
56
踩着自己影子走路的人
是在远离光明的世界
57
一间屋如果有两扇门
它就成了一条路
58
火要在纸上画画
它画的都是黑夜

59

铺就的路是大家的路

找到的路才是自己的路

60

脚碰到的石头

才是绊脚石

61

只要是历史的书

迟早总会翻到那一页

62

线长了就容易打结

太短了又不成为线

63

柔情的水

可成为利刃般的冰

64

黑色的煤在燃烧

便有宝石一样的红

65

婴儿的脸最动人

因为它最真实

66

儿童的思维是幻想

老人的思维是回忆

67

长颈鹿始终困惑不解

为什么动物都缩着头

68

小羊想替刺猬拔刺

自己却被刺伤了

69

我想画种子

画出的却是一棵树

70

落日并不伤感

它期待明日的东升

71

这只狼没有吃过羊

难道它就不是羊的天敌

72

有了良种

还不能庆祝丰收

73

黄鼠狼宣称改吃青草

母鸡听了就格外小心

74

把破布袋翻过来

也抖不掉上面的窟窿

75

合唱需要每个人的歌声

又不能让听众发现它

76

在你进去以前

要弄清能否出来

77

果实是甜美的

根却是苦涩的

78

不是所有从前面走来的人

都能为你指路

79

一面镜子碎成了几块

镜中的世界就发生了错位

80

朋友的敌人与敌人的朋友

都未必是你的敌人

81

小鸡在壳内孵成后

便把蛋壳当成了监狱

82

台上的帷幕落下了

台下的戏又开始热闹起来

83

如果你想笑

就不要等到最后

84

流出来的血

染红不了心

85

太阳理解花朵

大地理解落叶

86

两条铁轨之间的枕木

想使铁轨接近还是分离

87

蜘蛛是在结网

还是在做广告

88

痛苦难免

但不要悲伤

89
有相同的手套
却不会有相同的手
90
在棉布的梦中
剪刀同它一样柔软
91
蛇对长颈鹿说
我们都是长颈类
92
我在同别人的握手中
感到了自己的体温
93
大树拥有两个世界
地上的和地下的
94
蝴蝶开了爿美容厅
毛毛虫是它的第一个顾客
95
不是红烛在流泪
而是你的心在哭泣
96
玻璃窗始终不理解
为什么人要给它配上窗帘
97
他梦想着秋收
等来的只是秋天
98
用偷来的月光
萤火虫打扮着自己

99

每本好书都是个朋友

每个好朋友都是本书

100

天不会破

裂开的只是云

101

我没有名声

但有人格

102

何必指望母鸡去救火

它能生蛋就行了

103

公鸡羡慕鸭子的长颈

鸭子却嫉妒公鸡的红冠

104

太阳固然光芒万丈

但它并不否认蜡烛的价值

105

果实就是种子

这是植物最大的秘密

106

不是刀子划破了手

是另一只手伤害了这只手

107

当花用重量计算时

它就不再是花了

108

云儿说它很自由

风儿笑了

109
我是这样一本书
写不完又很少有人读
110
松鼠向乌龟借壳时说
这样你就能爬上树
111
锁对主人是忠诚的
钥匙就很难说了
112
如果风筝想回家
那根线就是回家的路
113
岁月是越来越笨拙的美容师
执意要给每个人美容到老
114
是根牢牢抓着土
还是土紧紧抱着根
115
命运是脖子上的锁链
还是胸前的彩带
116
历史就像大地
既展示一切又埋藏一切
117
婴儿一无所有但拥有岁月
老人拥有很多但缺少时光
118
一扇打不开的门
就是一堵墙

119

在瞎子和明眼人面前

伪装都毫无意义

120

根扎得越深

拥有的空间就越宽广

121

对只会爬梯子的人来说

梯子多高他就只能爬多高

122

人生的最后一个标点

是省略号

123

瓶子总把装进来的液体

塑造成自己的模样

124

喜欢哈着腰的人

他的个儿就高不了

125

我爬上高山

是想同蓝天亲近

126

遗失了的东西

表明它本与你无缘

127

日历可以挂在墙上

岁月呢

128

平静的大海深处

蕴藏着崇山峻岭

129
只要是朵花
总归会有绿叶的赞美
130
冬天不会等待春天
它懂得珍惜自己
131
一滴颜料溅在画家的手上
它找错了自己的位置
132
一支筷子在寻找另一支
它是在寻找自己
133
勤劳的扫帚去除了尘
懒惰的扫帚落满了灰
134
羊想宣传正义
狼急忙发出了邀请
135
孔雀的巨大羽毛
是它生活的累赘
136
蝴蝶迷了路
就把自己交给了风
137
人赤裸裸地来
披披挂挂地去
138
越是精美的东西
越容易被损坏

139
鱼缸被打碎了
也是鱼儿的灾难
140
讲故事的早已酣睡
听故事的却仍瞪大着眼
141
梦是虚幻的
梦中的我却很真实
142
把鲜花放在大炮里
它会成为炮弹吗
143
筷子尝遍了千滋百味
可它一无所知
144
红花亲近人世
绿叶向往蓝天
145
条条道路通向胜利
条条道路也通向陷阱
146
炉火对木柴发誓
它一定要把炉子烧光
147
流星迷了路
黑暗就吞噬了它
148
蚕蛾飞到蚕的面前
打听它妈妈的模样

149
看不到希望
是真正的黑暗
150
月是故乡明
多亏了故乡的树和云
151
猫跟老虎套近乎
连老鼠都鄙视它
152
狼赞美造化公正
给它爪牙给羊双角
153
大树向小草频频招手
我永远生活在你们中间
154
姑娘把花插在头上
花儿变得更加娇艳了
155
鸟儿在炮筒里做窝
炮弹流泪了
156
鲜花造就了春天
却以为自己是春天的恩赐
157
当严肃令人窒息时
请打开幽默的小窗
158
刀劈不开水
水却使刀生了锈

159

大火把一切都烧掉后

就开始烧掉自己

160

所有的偶像

都是崇拜者的想象

161

水快开时呼呼叫

然后就一直沉默

162

当纽扣脱落时

我们才感觉到它的存在

163

飞进笼子的小鸟说

我总算有了个家

164

能被别人偷走的东西

是别人也可以拥有的东西

165

生活在狼群中

要比狼更狡猾

166

母羊用羊奶喂狼崽

狼崽长大后就吃了母羊

167

花的魂

不在花蕊而在根

168

一望无边的森林说

我才是真正的大草原

169
只有不值得的烦恼
没有不值得的欢乐
170
一个人的思想
是他众多言行的平均数
171
每只羊都跟着前面的羊走
都不知道走向何处
172
细雨是那样温柔
在土里渗透得很深很深
173
人在喜剧中浮浅
在悲剧中深沉
174
当人们互相接近时
都觉得对方变得高大
175
树根要是长得像花一样
那它早就烂掉了
176
大火从不回头
灰烬是它留下的足迹
177
高山从不互相接近
小溪们却亲密无间
178
蝴蝶形风筝在天上飘荡
蝴蝶们都成了它的崇拜者

179

勤快的人

常是懒汉的奴隶

180

时间不在钟表上

而在行动的节奏中

181

人与人真正的距离

是心与心的距离

182

巧妙的包装

是诱惑人们把它打开

183

有人在梦中寻找世界

有人在世界上寻找梦幻

184

哨子叫得很响

内心却很空虚

185

死是生的近邻

不是它的异国他乡

186

一只苍蝇混入了蜂群

很快它就悄悄溜掉了

187

每朵云彩都有自己的面孔

但没有自己的性格

188

小偷偷去了你的钱财

别再让它偷去了你的欢乐

189
躺在伟人足迹上赞美伟人
是对伟人的亵渎
190
缺乏个性
就是缺乏生命
191
他用卖血的钱
来医治自己的贫血症
192
当希望变为现实时
希望以外的东西也随之而来
193
白色可以分解为各种颜色
各种颜色又混合成了黑色
194
大陆说小岛是孤独的
小岛说它是大海的宠儿
195
他拿着面包睡着了
梦中却饥肠辘辘
196
风对什么都不留恋
匆匆来去一吹而过
197
有了画家
世界便更美了
198
蚕蛾不认识蚕蛹
蚕蛹却把它牢记在心中

199

每个人的心中
都有尚待发现的新大陆

200

既然是征服者
就不要打扮成说服者

201

沙漠最大的愿望
是把自己染成绿色

202

白天发生的事情
夜晚总想把它抹掉

203

一人独处觉得世界很小
两人相处觉得世界很大

204

一个圆圈画成以后
就被封闭起来了

205

鲜花闪烁着叶子的光辉
叶子露出鲜花的微笑

206

在鲜花盛开的草地上
羊群只顾埋头吃草

207

抓住此时
就是抓住自己

208

白纸也是一幅画
它的主题是无限

209
手中什么都有
内心反而感到空虚
210
我眼前的阳光
都属于我自己
211
落叶回到大地
它早已染上了泥土的颜色
212
不要同昨天告别
让它融化在明天之中
213
每个人都是一面镜子
让别人通过他看到自己
214
灯先照亮了自己
然后才照亮了周围
215
裸露的太阳
不愿意云彩做它的包装
216
白昼沉睡便是黑夜
黑夜醒来便是白天
217
幸福只是感受
而不是被感受的东西
218
烟囱吐出了烟
但它不是烟的制造者

219

根在黑暗中摸索

寻找生命的源泉

220

如果世界透明

它还会有色彩吗

221

只有根知道

落叶是在寻找它

222

一场火灾以后

人对火才有了新的认识

223

我把泪水

溶化在血液中

224

阳光普照万物

却不能同时照到物体的两面

225

狗在主人的面前

十分清楚自己的身份

226

象棋是个动物世界

围棋是个植物园

227

狼说它快要饿死了

羊羔就流下了同情的泪

228

每个人都是一部书

由自己和别人共同编写

229

冬天是春天的种子

秋天是春天的果实

230

月亮对满天的繁星说

你们想聚集成一个月亮吗

231

月亮是幸运的

它同太阳有较大的距离

232

落日不是走向黑暗

而是追求明日的辉煌

233

水桶知道

它不是水的占有者

234

妈妈讲完狼吃小羊的故事

就给孩子吃烤羊肉串

235

先为几个铜板不要脸面

然后再为虚名一掷千金

236

如果人有尾巴

就会打扮成孔雀的羽毛

237

喜欢钻空子的人

幻想世界是个大面包

238

你急于要寻找的人

总不在你的视野中

239

有时伟人看不到的东西

普通人全都看到了

240

我宁愿碰壁

也不愿摔跤

241

好心会约束自己

又会纵容别人干坏事

242

幕后人走上前台

幕前人就成了观众

243

如果羊有锋利的牙齿

它还会吃草吗

244

把瓶底打个洞

它就能容纳无限

245

既然痛苦在寻找我们

我们就要去寻找快乐

246

矿泉水的最大遗憾

是它太像普通的水

247

如果倒退能达到目的

那它就是前进

248

欢乐常常不辞而别

痛苦则需要反复驱逐

249

伟人比我们高明

我们比伟人幸运

250

水可以作证

肥皂与污垢同归于尽

251

一条被网住的鱼

只埋怨渔网的洞眼太小

252

小树长满了绿色的翅膀

却不肯飞离脚下的土地

253

惋惜的不是失败

而是自己没有尽力

254

既然人生是个大舞台

免不了要挂几块幕布

255

夫妻先相互发现对方

又共同发明了儿女

256

既然是果子

就不会永远挂在树上

257

不新鲜的事

可以引起新鲜的感觉

258

善是对恶的宽容

恶是对善的报复

259

豪华的钥匙链

只是钥匙的附属品

260

不要把别人的目光

当作自己的道路

261

风筝扯断了线

它也变不成云

262

婴儿的脸是花

老人的脸是根

263

十个孤独在一起

仍然是孤独

264

两棵树的根拥抱了

树干仍然保持着距离

265

留恋自己的脚印

就会妨碍前进的步伐

266

可以取得相同的成绩

不要犯相同的错误

267

大雾想掩盖一切

却暴露了它自己

268

当树叶自由自在时

它就只能下落了

269

君子如大象

小人像蚊子

270

汗水显示了勤劳

也可能是无能的表现

271

满足是暂时的

唯有创造永存

272

语言是心灵的窗帘

可以敞开也可以掩饰

273

许多高等动物都会哭

但只有人会笑

274

小草拥有寸土

浮云不拥有天空

275

收藏家什么都收藏

最后就收藏他自己

276

只要有墙　就会有门

只要有门　就能打开

277

人比野兽文明

决斗前相互致意

278

岁月匆匆

但要留点时间来品味它

279

既然人生是本书

它就会有错别字

280

当鲜花凋谢时

人们才会打量花瓶

281

人不是没有尾巴

只是善于掩盖

282

上钩的鱼

只知道恨鱼钩

283

高山总在沉思

小鸟问它在想什么

284

到处戳人的针

自称它很正直

285

喜马拉雅山庄严宣布

大海只是人类的幻觉

286

伟人有两次生命

在现实中与在历史中

287

我爬上了山顶

便告别了背后的世界

288

商人学了原子论

就把金钱称作原子

289
伟人之短
不如凡人之长
290
恶是野外的顽石
善是精雕的玉器
291
我羡慕
鸟儿会飞也会落
292
沙漠中的普罗米修斯
是位盗水的英雄
293
刀是人造的
但它认不得主人
294
他以为撑起了愚昧的黑伞
就可以拒绝真理的阳光
295
瓜子只有离开了瓜瓤
才会有新的生命
296
冬天珍惜梅花
这是春天送给它的礼物
297
孔雀问哲人　我美吗
那要看羽毛掩盖的是什么
298
不是火使木柴燃烧
而是木柴使火燃烧

299
小小雨滴的过去
是一部长长的历史
300
小树并不关心
它脚下是否埋有黄金
301
门槛高了
门就变小了
302
每个人都有一个世界
失望是它的尽头
303
善者身负重责
恶者无拘无束
304
小鸟飞得越高
越感到蓝天的遥远
305
太阳刚刚升起
油灯就在企盼黑夜
306
我们感叹历史的悠久
历史嫉妒我们的年轻
307
七巧板拼出了形
但拼不成物
308
喜欢数说别人的人
都是别人的热门话题

309
灰尘落在皇冠上
就以为自己是宝石了
310
当他有许多故事要说时
他自己的故事就达到了高潮
311
摘来的玫瑰早已枯萎
那刺还扎在他的心中
312
打开的鸟笼对鸟儿说
你的自由是我给的
313
当语言与表情不一致时
你应当相信表情
314
你在打发时间
岁月就在打发你
315
咽下苦果以前
我咀嚼了很长时间
316
蜡烛的价值不在于它自身
而在于它照亮了什么
317
狼把羊吃完以后
便把羊皮披在了身上
318
像你的朋友的人
未必真是你的朋友

319

生命易朽

思想永存

320

诗人赞叹瀑布的壮观

科学家构想水电站的建立

321

老鼠捡到一片羽毛

说是它战胜老鹰的物证

322

苹果落地了

地球上升了

323

人生是一次唯一的约会

同亲人社会和大自然

324

感人肺腑的诗句

未必合乎逻辑

325

花和叶

都不需要化妆

326

美丽的蝴蝶矢口否认

她的童年是条毛毛虫

327

白色一无所有

黑色拥有的太多

328

冰责怪水的柔软

不久它也溶化了

329

人有两类

喜欢太阳的和喜欢月亮的

330

高高的太阳没有想到

地层里的煤是她的儿女

331

蜗牛问爱因斯坦

是路变长了还是钟走快了

332

你若是一只钉子

腰杆就要挺直

333

在弱者面前是狼

在强者面前就是狗

334

货币上印满了诗

也毫无诗意可言

335

是鸳鸯戏水

还是水戏鸳鸯

336

强者寻找力量

弱者寻找公理

337

别人的脚印再多

也成不了路标

338

文章发表的是思想

而不是汗水

339
求乞者　用你的左手
向你的右手求乞吧
340
先有鸡还是先有蛋
先有恶还是先有善
341
每个池塘里都有一个月亮
天上的月亮却只有一个
342
他是一个孤岛
世界在他的对岸
343
只要我们前进
世界就在前面展开
344
一只漏桶夸耀说
他拥有的太多了
345
小溪怜爱美丽的纸船
却身不由己地伤害了它
346
许多人议论别人时
都在扮演圣人的角色
347
语言会撒谎
目光只能回避
348
我把小狗当作宠物
小狗便把我看成伟人

349
事情过去了
剩下的就是关于它的说法
350
带着雨伞出门
就期盼快点下雨
351
每个人都在扮演两种角色
自己向往的和别人需要的
352
善者的眼泪
是恶者的战利品
353
人人都有骄傲的借口
但都没有骄傲的理由
354
野羊一副威武的角
是对付同类的武器
355
我们共享一个太阳
为何欢乐不能分享
356
善良没有武器
只有对信仰的追求
357
头顶的蓝天是大家的
脚下的土地是自己的
358
戴上了眼镜
眼睛才知道耳朵的存在

359

路都仰望着天

但都不能通向天

360

如果我必须流血

那我就不再流汗

361

哲学家走在市场上

没人同他打招呼

362

鸟笼的一生多可悲

只为困住一只鸟

363

当人们软弱无力时

就创造了法力无边的神

364

请回首一瞥

定会发现新的东西

365

没有真正的平行线

所以等号实际上是不等号

366

树长高了

自然要分权

367

生活的礼物是磨难

磨难的礼物是胜利

368

不平则鸣

不鸣则以为平

369
心里有几十年的阳光
脑海里有几千年的历史

370
太阳崇尚伟大
月亮和蔼可亲

371
在历史这本大书上
许多人才组成一个字

372
习惯真可怕
使人接受任何东西

373
万物互相吸引
所以万物都可能相撞

374
在一堆沙子中间
每粒沙子都感到孤独

375
大风四处乱翻
想发现世界的隐私

376
最容易得到的欢乐
往往被人们忽略了

377
人的一只眼睛
会哄骗另一只眼睛

378
青年只有十几年
老年却可以很长很长

379

斧头砍倒了大树

是对提供斧柄的回报

380

乌鸦不喜欢抹粉

只想羽毛黑得发亮

381

只有在最深的黑暗中

伪装才不再存在

382

只要觉得甜

那就是甜

383

高山低下头

倾听小溪的诉说

384

捡来的钥匙

打不开自己的锁

385

荒芜的沙漠

并不表明它一无所有

386

人们的梦中

不会出现陌生的面孔

387

铁杵本可造成许多针

何必把它磨成一根针

388

不要看脚印有多深

要看脚印有多远

389

真理从不推销自己

错误却常敲响你的门

390

蜘蛛不结伤害同类的网

这是人的专长

391

无论人间多美

美人鱼还是回到了大海

392

在小草的眼中

兔子比狼凶残

393

罗汉堂里的罗汉

各想各的心事

394

不要问我从哪儿来

我只说我要到哪儿去

395

你把他看作一座高峰

他就把你看作一撮灰尘

396

相见是偶然

分别是必然

397

平淡的空气　平淡的水

人类最需要的就是平淡

398

向日葵是植物的启蒙者

因为它最懂得太阳的价值

399

人是个多面体

这面对着你那面对着他

400

高山最亲密的朋友

是围着它唱歌的小鸟

401

阳光越灿烂

阴影就越深

402

绊倒人的不是高山

而是山上滚下的石头

403

把画中的阴影抹去

画出的就不是三维世界

404

找到了自己的道路

我终于成了我自己

405

善良是流露出来的

伪善是装扮出来的

406

珍惜今晚的烛光

犹如向往明晨的太阳

407

宽广大道多壮观

山道弯弯更迷人

408

危险的是悬崖边缘

而不是下面的万丈深渊

409
黑暗像手指
光明像指缝中的细沙
410
旗子升到顶
等着的是下落
411
每一个普通的生命
原本都是艺术的精品
412
黄昏不会老
醒来是黎明
413
不是小数点后长长的数
我是独立而完整的一
414
窗户不是墙的眼睛
而是嵌在墙上的人的眼睛
415
飞得愈高
影子愈淡
416
朴实可能粗糙
但不会虚假
417
生命在起点与终点之间
事业在起点与起点之间
418
鱼刺长在鱼身上时
它还不是刺

419
先超越自己
再超过别人
420
幕布只会沉默
但不会说谎
421
快乐如手中的花
周围的人都感到芳香扑鼻
422
筑起了墙又开了窗
人的生活就是这样
423
现在是个谜
谜底在未来还是在过去
424
妈妈和孩子
本是同一个人
425
根是枯黄的
它把嫩绿献给了叶
426
我们不再向往未来时
过去才真正消失了
427
恐龙太大了
所以灭绝了
428
智慧能战胜愚昧
却往往敌不过狡猾

429
故事都有开头
但未必都有结尾
430
光明总有来源
黑暗仿佛是天生的
431
模仿出来的是表情
而不是感情
432
你承认它它就存在的
只能是良心
433
动人的戏剧
常是虚构的真理
434
生活是真正的戏
演员只是在模仿
435
欢乐永不会完成
只是在不断地实现
436
我的心像海湾
有海水也有沙滩
437
山还是那座山
草已不是那棵草
438
大风吹万里
找不到一处能安家

439

勤劳与智慧

不是亲兄弟

440

黄昏时我与太阳相约

明晨在东方相会

441

想用影子来掩盖一切

只能暴露在光天化日之下

442

冰冷的石头

也曾燃烧过

443

太阳与蜡烛一样

都是在燃烧自己

444

蜜蜂和苍蝇所看到的

总是不同的东西

445

我在大自然面前

从未感到拘束

446

最长和最短的路

都是心之路

447

钥匙是主人的伴侣

锁只是他的仆人

448

在锁的心目中

只有一把钥匙是真的

449
如果世上只能有三个人
那第三个人是男还是女
450
人生的四季
各有各的风景
451
白色是无限小
黑色是无限大
452
零想包容一切
便成了空洞的圆圈
453
美丽的风景
只属于欣赏它的人
454
花的生命
为何比绿叶短暂
455
老虎
不是放大了的猫
456
欣赏自己创造的美景吧
人生的旅游只有这一次
457
我问那滴滴答答的时钟
你究竟要制造多少时间
458
所有的色彩
都是美丽所需要的

459
吃不着葡萄的狐狸
不妨把葡萄看作是酸的
460
是山就要岿然不动
是水就要长流不息
461
熟透了的果子
最容易腐烂
462
踩着伟人的足迹
走不到伟人的身边
463
平平淡淡
有滋有味
464
天是头上的海
海是脚下的天
465
小书签珍藏在书的心里
可曾感受到知识的温馨
466
每一双眼睛
都能收尽整个世界
467
小草若长得像树那样高
还会叫人怜爱吗
468
美容师把别人的面孔
当作了一块画布

469
唯有那无声的细雨
感受到了种子的冲动
470
凡是用金钱买到的
都是可以抛弃的
471
花儿为什么开
她想看看世界
472
人生的跌落
便是生命的瀑布
473
有的人表演惯了
把真诚也当作了表演
474
蝴蝶飞进了豪华的房间
一场悲剧开始了
475
灰尘想占领全世界
寄希望于岁月的容忍
476
起点怀念着
终点期待着
477
月有界
月光无边
478
每片落叶上都写着四个字
顺其自然

479

在恶的面前
善常常是软弱的

480

沿着已有的道路
走不到新的领域

481

最高明的辩论家
也无法驳斥沉默

482

生命可以死亡
但不应该腐烂

483

大地不让树长到天
就紧紧抓住它的根

484

只有在胜利以后
挫折才成了亲切的回忆

485

岁月一去不复返
这是创造的源泉

486

温顺随和的水
也会变成一种暴力

487

月亮离我太远了
红烛就在我的身边

488

幻想是沙
希望是金

489

蜥蜴想知道自己有多重

就飞起来变成了鸟

490

文物在空间上离我们很近

在时间上却距我们很远

491

只有说过谎的人

才知道什么是不说谎

492

透明的玻璃

人们常忘记它的存在

493

没有根的花

只能插在花瓶里

494

太阳不需要打扮

那点点的星辰呢

495

时间给人以限制

空间给人以自由

496

追求完美的渔网

便成了一块布

497

人生从父母走来

朝儿女们走去

498

我们先有妈妈

然后才有一切

499
你等待成功
失败就等待着你
500
孩子漫不经心地玩火
火却认真地燃烧起来
501
猪在生命的最后时刻
才知道了谁是屠夫
502
人生是边演边编的戏
不允许排练和修改
503
手有这样的结构
是为了能握住另一只手
504
世上没有鬼
但有怕鬼的人
505
长颈鹿伸长了脖子
为了眼睛还是为了嘴
506
两座山沉默地对视着
唯有小鸟在它们之间飞来飞去
507
历史像块地毯
你可以把它卷起来
508
只有芽才有权力说
它的前身是种子

509
最伟大的动物是人
最卑鄙的动物也是人
510
黑夜也有双眼睛
只是看不见光明
511
倘若你觉得世界可爱
那你也就可爱了
512
摩天大厦倒塌了
地基依然如故
513
你在地上铺块虎皮
就有人相信你卖的是虎肉
514
机遇找到你是幸运
你找到机遇是成功
515
镜子只有一张脸
把万物都画在上面
516
黑掩盖一切　白失去一切
世界存在于黑白之间
517
太阳每天都是新的
我们也是
518
雨的下落是单纯的
落到地面就复杂了

519
我们喝完了汤
就说那盛汤的碗脏了
520
越往前走
路就越长
521
点水的蜻蜓
说它对池水爱得最深
522
该忘掉的都未忘掉
那不该忘的就会忘掉了
523
理智和情感
都把对方藏在心里
524
被人驯服了的狼
便成了狗
525
每个人心里都有一杆秤
各人称的重量都不同
526
不应属于自己的东西
都是一种负担
527
古老的传统
像个难搬的家
528
把爱锁在心里
就像把小鸟关在笼中

529
历史是一张
慢慢褪色的照片
530
天地合起来是个蚌
我们是它孕育的珠
531
鸟是飞上天的鱼
鱼是落入水中的鸟
532
等待的对象
只是心中的想象
533
不能见缝才插针
针也可以创造缝
534
从眼睛到心
有一条神秘的小道
535
有了生命
世界才需要打扮
536
小雨轻轻向我诉说
云彩里的秘密
537
普照万物的太阳啊
你知道黑暗在哪里
538
只要是洞
就会不断扩大

539

他把机遇抓在手中

把希望留给了别人

540

诗有思想

但从不论证与解释

541

蚂蚁以为大树支撑着天空

老鹰以为白云托着太阳

542

线把珍珠聚集在一起

竹针把毛线组织在一起

543

花的诗是芳香

云的诗是细雨

544

眼睛不理解眼泪

皮肤不理解汗水

545

蝴蝶嫌鲜花呆板

鲜花嫌蝴蝶轻佻

546

恶像风

不知来处与去处

547

气球多气派

却不能把握自己

548

登山要找路

滚下来则到处都是路

549
所有的句号
都是省略号
550
单纯是美
那修饰呢
551
水被困在水壶里
火就可以战胜它
552
他用全部的钱
买来了一只钱包
553
蜜蜂掉进一桶蜂蜜里
它再也不能酿蜜了
554
无数次黑夜
都不能把世界染黑
555
羊披上了狼皮
是为了保护自己
556
云想在日月间搭座桥
自己反成了海
557
玉说它比石头珍贵
石头就把它砸得粉碎
558
为什么要转弯
前面不是我的路

559
蚯蚓能钻进地下
老鹰却飞不出天空
560
两个人站在河的两岸
他们就用目光搭起了桥
561
失去希望叫失望
连失望也失去了就叫绝望
562
雪在孤独时
才是一朵小花
563
没有路
距离便是无穷大
564
先有服从者
然后才会有命令
565
蛇对蜈蚣说
我有无数只脚
566
平地全部升为高山
依然是平地
567
令你讨厌的地方
决不会是陷阱
568
眼睛是裸露的
也是最隐蔽的

569

价值连城的金表

值钱的只是黄金

570

快乐的人

都是富有者

571

一桩丑恶的行为

粉碎了千万个善良的愿望

572

因为你软弱

周围的一切都变硬了

573

最容易受挫的

是所向披靡的想法

574

想象使彼此陌生的事物

结成了好伙伴

575

最初的主动权

只能在主动者的手中

576

流水对落花说

我带你去奔向大海

577

不该有的都没有

这就是纯洁

578

坚强者可能被打败

但不可能被征服

579
你思考你是否幸福
这就是你的不幸

580
花敞开了心扉
这时它最美

581
我在泥土里寻找种子
却找到了根

582
两只冰冷的手在摩擦
共同创造着温馨

583
散步犹如翻阅一本散文
随意阅读　常翻常新

584
古老的花瓶
从未真正拥有过鲜花

585
打火机比火柴高明
献出了火焰又保存了自己

586
风没有家
所以不需要路

587
横行的螃蟹
并没有偏离它的目标

588
喋喋不休
诉说着沉默的内涵

589
钥匙以为受到宠爱
其实人们牵挂的只是锁
590
史学家把诗刻在石碑上
诗人把历史写在白云上
591
鱼是一页纸
正反面全是赞美水的诗
592
遗失了一只鞋
我就扔掉了另一只
593
乌龟对老鹰说
我也曾飞翔过
594
平凡到了纯真
便有了几分伟大
595
在石头看来
鸡蛋肚里只是一包水
596
当你被深深感动时
你也是动人的
597
为了拔出一根钉子
不该把一面墙都砸了
598
好斗的蟋蟀自鸣得意
忘记了蟋蟀罐的存在

599

你说雪纯洁

他说雪单调

600

桥的那一边

就是走不完的路

601

敏感的人

容易受干扰

602

世界是真实的

虚假只是人的制造

603

如果爱情是团火

那它烧的是什么

604

像朋友的人

比不像朋友的人难处

605

鸭子把头伸出鸭笼

便以为自由了

606

真实本来最容易

却往往最难

607

创造光明的工作

也需在黑暗中完成

608

沉默的小草

往往被春雨滋润得最多

609
童年
人生回忆的故乡
610
在婴儿的眼睛里
我看到了人类的纯洁
611
孔雀不仅美丽
也善于展示自己的美
612
白雪一直在沉思
直到化为潺潺的春水
613
癞蛤蟆只想吃小虫
唯有人想吃天鹅肉
614
桨划得慢
舵只得干着急
615
天下的乌鸦
并非一般黑
616
井水问云彩
我何时才能流到河里去
617
商人问天文学家
哪颗星星是金星
618
黄昏古寺的钟声
是老人阵阵的回忆

619

花儿睁大了眼睛

寻找赏花的人

620

道德之网装的是善

法律之网装的是恶

621

乌鸦对人呱呱地说

你们的疑心太重了

622

落日比旭日成熟

又观察了一天的人生

623

球星和球迷

都不关心球的定义

624

哲人问狗　生命是什么

狗便咬了他一口

625

狼爱绿色的牧场

因为那儿都是羊

626

蚂蚁爬上了我的肩膀

可别把我当作一座山

627

在高峰的背后

就是低谷

628

对人的依附

是狗的天性

629
展示的是这一面
追求的就是另一面
630
黑夜是白昼的影子
月亮是太阳的影子
631
每一句假话
都能找到一百条证据
632
任何诽谤的影响
都不可能真的烟消云散
633
狼说善良
是羊的永恒魅力
634
狼最清楚
羊的双角只是装饰
635
当人们不为脚下担忧时
他的眼睛就看着前方了
636
语言可能出卖自己
沉默则是忠实的朋友
637
木偶没有自己的思想
也没有自己的行动
638
钟说　谁也留不住时光
照片说　我留住了

639
最清晰的是数学
最模糊的是诗
640
请用冰雪为我塑座纪念碑
我要看它是如何瓦解的
641
我的最后一滴血
才是我的泪
642
在美的世界里
丑被淹没了还是被突出了
643
不同方向的车都在抢先
这就是堵车
644
小小的漏斗
两个世界的接口
645
手枪对警察说
罪恶是子弹造成的
646
春天还未到来
就要尽情享受冬天
647
鸟的羽毛丰满了
它就怕被弄脏了
648
陀螺转得多欢
忘记了鞭打的疼痛

649
踩在别人的脊梁上
只能爬到地狱的通口
650
经过努力而未获得的
本来就同你无缘
651
过程
也是一种结果
652
愚蠢与落后
都是一个系统
653
幸福因人而异
只存在于感受之中
654
真正的迷路
是无路可以选择
655
孩子是妈妈生的
妈妈是上帝创造的
656
沙漠的智慧是寻找泉水
痛苦的智慧是创造欢乐
657
梦的逻辑
是逻辑的梦
658
善于创造生活
乐于享受生活

659

大自然中

没有反常的东西

660

世上最丑的

是美化了的恶

661

匕首说

我很温柔

662

叶把色彩全给了花

花把绿色还给了叶

663

只要是真实的过程

就是一个故事

664

良心拥有者

才有心灵的痛苦

665

谎言的可怕

不在说而在信

666

骗局的成功

是欺骗与无知的结合

667

善与恶都藏在心中的小屋

看你打开的是哪扇门

668

我用时间的碎片

织成了一幅绚丽的画

669
若未抓住机遇的头
就抓住它的尾吧
670
人制造不出一根青草
大地长不出一根牙签
671
说谎者认为讲真话的人
是最狡猾的说谎者
672
骆驼看破了红尘
走进了沉寂的沙漠
673
花园里的星星娇美
荒野上的星星凄凉
674
做不了太阳就做星星
做不了红花就做绿叶
675
白云总在流动
寻求更远的蓝天
676
所有的习惯
都是对故旧的记忆
677
阳光融化不了
心灵深处的冰
678
越怕见人的东西
就越装扮得冠冕堂皇

679
白云想凝固成石头
石头想云儿般飘浮
680
人生值得珍惜
但不应珍藏
681
英雄会失败
失败也会造英雄
682
争取每一天
都有一串闪光点
683
猫空着肚子捉不了老鼠
填饱了肚子又懒得去捉
684
人格的旗帜
永远在我心中飘扬
685
凡人有了伟人的心态
便开始成为小人
686
人生不能浓缩
也不应当膨胀
687
有的人是棵草
有的人是片林
688
路越窄小
行人越亲近

689
在植树人中
总有一些成了砍树人
690
不是鸟有翅膀才会飞
而是起飞造就了翅膀
691
所有的迷信
都是抛弃自己
692
月球对地球说
你是我的月亮
693
走的人多了便成了路
而一个人也可以走成一条路
694
小树的生命来自根
小溪的活力是有源
695
理智是坚硬的
感情是柔软的
696
落叶对小鸟许诺
它明年还会再来
697
脚对鞋子说
离了我你寸步难行
698
生是出来
死是进去

699

太阳是张彩照

月亮是它的底片

700

独木桥可以通过一支部队

却通不过两个面对面的人

701

每个人生都是个

内外无限的一

702

寒冰四分五裂

春水融为一体

703

流沙河

淘金者的路

704

多了就会慢慢地少

少了就会慢慢地多

705

出生无法回忆

死亡不应预想

706

我不是别人

只是我自己

707

人造的香气

也是一种污染

708

浑浊的历史

需要岁月来沉淀

709
一袋土豆倒在地上
立即各奔东西
710
老人说
世界愈来愈年轻
711
黑的夜　白的雪
两个世界在对峙
712
无心无意
最佳的心境
713
小鱼想飞上天
老鱼想游到水底
714
墓碑对主人说
不要损害我的声誉
715
太阳普照百花园
不知谁是向日葵
716
凝固了的历史
还有弹性吗
717
隐藏很深的秘密
在沉默中暴露
718
勤奋是我追求目标
幸运是目标找到了我

719

表情虚假的真话

也是一种假话

720

眼睛对太阳说

我为证实你的存在而存在

721

我爱太阳

太阳更爱我

722

冬天的能量

在春天释放

723

人类请各种动物

在动物园里做客

724

太阳

大家的眼睛

725

变色龙问自然界

难道你未改变过颜色

726

用甘蔗汁来浇甘蔗

甘蔗就绝种了

727

乌龟背的是

老祖宗留下的勋章

728

那幕后的事情

看不见也好

729
在道德的土地上
人们会画地为牢

730
我是真与善的主人
却是美的俘虏

731
美都很相似
丑却各不相同

732
忠实的信鸽
不会是探险家

733
天是单纯的
地就复杂多了

734
思想
不能打补丁

735
教育不是复印机
人才不是复制品

736
我想骑在蜗牛上
慢慢品味人生的韵

737
每一个谎言
都有一连串同类

738
率先解放自己的人
就被称为启蒙者

739
欺骗自己本该很难
但恰恰又最容易
740
两个头的老虎
比一个头的好对付
741
大象需要路
蚂蚁只管走
742
旭日在想象
落日在回忆
743
完全透明了的
你还能看得到吗
744
我们迷信科学
科学便成了迷信
745
创造的两个敌人
是重复与等待
746
香炉里的香灰
是烧香人的心愿
747
每个人所看到的
都是历史的一些碎片
748
我迷了路
因为我找不着我

749
飘在我脸上的雪
感到了春天的气息
750
当河流接近大海时
就变得更宽了
751
才能像把伞
撑开了才有意义
752
自然从不模仿
模仿从不自然
753
右手数落着
左撇子的偏心
754
每一把尺的长度
都由另一把尺来决定
755
红苹果对苹果树说
我成熟了　你呢
756
可怜的椅子
总在等待无论什么人去坐
757
太阳在升起和落下时
我们才能正视它
758
天堂
人在地狱中的幻想

759

喜欢蝴蝶的女孩子

都讨厌毛毛虫

760

蚕作茧的时候

就已注定要突破它

761

孩子是幅画

老人是本书

762

种子满怀希望

落叶呢

763

每年的春天

都是冬天送给我们的礼物

764

吹捧是浮浅的

冷漠是深刻的

765

只要是秘密

就一定有伪装

766

太阳虽有黑子

但阳光无瑕

767

好人用好方法对付坏人

坏人用坏方法对付好人

768

不要在别人的目光中

寻找自己

769
太阳是沉默的
把声音也变成了光

770
光明与黑暗
都在寻找对方

771
果子烂了
果核便找到了土壤

772
有人生活在利益中
有人生活在别人的印象中

773
幸福像路边的小花
有人看到了　有人却没有

774
不要去寻找永恒
它是你手中的每一秒钟

775
真正的美
都是短暂的

776
有人把心放在脸上
有人把脸藏在心里

777
蜗牛把脑袋缩在壳里
等待做一场雄鹰的梦

778
亲切的在近处
诱人的在远方

779

狼在四处寻觅

你就不能做只羊

780

小小的栅栏

只能挡住高大的人

781

每个人都只有一天

那就是今天

782

瞎子看到了光明

也就看到了黑暗

783

从说话的嘴到深藏的心

心路弯曲而漫长

784

无论脚印多么美

都不要去欣赏它

785

如期而来的

只有岁月

786

密林中没有现成的路

树与树之间就是路

787

不要看他拥有什么

而要看他追求什么

788

是我迷了路

还是路遗忘了我